LA NOVIA DEL SULTÁN

KATE HEWITT

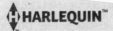

HARLEQUIN™

Editado por Harlequin Ibérica.
Una división de HarperCollins Ibérica, S.A.
Núñez de Balboa, 56
28001 Madrid

I.S.B.N.: 978-84-9188-363-0
Depósito legal: M-19487-2018
Impresión en CPI (Barcelona)
Fecha impresion para Argentina: 4.2.19
Distribuidor exclusivo para España: LOGISTA
Distribuidor para México: Distibuidora Intermex, S.A. de C.V.
Distribuidores para Argentina: Interior, DGP, S.A. Alvarado 2118.
Cap. Fed./Buenos Aires y Gran Buenos Aires, VACCARO HNOS.

Capítulo 1

TENGO buenas noticias, *habibti*.

Johara Behwar miró sorprendida a su padre. Estaba en el jardín de la casa de campo que la familia tenía en la Provenza francesa, un dulce aroma a lavanda impregnaba el ambiente y el sol brillaba con benevolencia a pesar de estar en la cúspide del verano. Las visitas de su padre eran excepcionales y ya había estado allí la semana anterior, así que Johara no había esperado volver a verlo.

–Buenas noticias...

Johara estuvo a punto de añadir «otra vez», pero se lo pensó mejor. La semana anterior, su padre no se había mostrado tan entusiasmado con la ruptura de su compromiso.

–Sí, pienso que esto te va a gustar –continuó Arif–. Y, por supuesto, yo estoy feliz si tú lo estás.

Se acercó sonriendo, con las manos extendidas hacia ella. Johara le devolvió la sonrisa.

–A mí lo que me hace feliz es verte, padre. Solo eso ya es un regalo.

–Eres un cielo, *habibti*. A cambio, toma este regalo.

Se sacó una funda de terciopelo del bolsillo interior de la chaqueta y se la dio.

En ella había un colgante de diamantes con forma de corazón que brilló bajo la luz del sol.

—Es precioso. Gracias, padre.

Y se lo puso porque era lo que esperaba su padre. Era muy bonito, sí, pero teniendo en cuenta que llevaba una vida muy tranquila, Johara pensó que no tendría ocasión para lucirlo. No obstante, agradeció que su padre se hubiese acordado de ella.

—¿Era esta la buena noticia? —preguntó, mientras su padre le agarraba las manos.

—He renegociado tu matrimonio —anunció Arif, sonriendo todavía más.

Ella se sintió confundida, se le encogió el estómago y notó que el frío de los diamantes le calaba la piel. Aquello no era una buena noticia.

—¿Qué quieres decir con que has renegociado? —le preguntó—. Hace una semana me dijiste que Malik, es decir, Su Alteza, había puesto fin a nuestro compromiso.

Había necesitado seis días para asimilarlo y entonces había empezado a disfrutar de una sensación de libertad que jamás había creído poseer. Había sido como si le hubiesen quitado un enorme peso de encima. Se había sentido libre, libre para hacer lo que quisiera, e incluso se había permitido soñar con un futuro independiente, tal vez, con ir a la universidad. De repente, por primera vez en la vida, se había abierto ante ella todo un mundo nuevo.

—¿Cómo vas a renegociar? Me dijiste que Su Alteza... era estéril.

Le pareció inapropiado mencionar aquel detalle, pero había sido su padre quien se lo había contado la semana anterior, cuando había volado a Francia para explicarle que Malik al Bahjat, heredero al sultanato de Alazar, había cancelado la boda. Su padre se había puesto furioso, tanto, que ni siquiera la había escuchado cuando ella había intentado explicarle que no le importaba no casarse con Malik, que, de hecho, no le importaba quedarse soltera. Hasta entonces, no se había atrevido a decirle a su padre que lo prefería así.

–Sí, sí –respondió él con impaciencia en esos momentos–, pero es que Malik ya no es el heredero. Gracias al cielo que no te casaste con él antes de que esto ocurriera. Habría sido un desastre.

En aquello Johara estaba de acuerdo, pero dudó que sus motivos coincidiesen con los de su padre. Tras una semana de libertad se había dado cuenta de que no quería un matrimonio concertado. Malik no era más que un extraño y ella no quería una vida llena de obligaciones, pero sabía que su padre no pensaba igual. ¿Qué había ocurrido para que cambiase la situación? Si Malik ya no era el heredo, ¿quién...?

Arif le soltó las manos y frotó las suyas con satisfacción.

–Hemos tenido mucha suerte, Jojo –añadió–. Has tenido mucha suerte.

Ella estuvo a punto de contradecirlo, pero se mordió la lengua. Nunca contradecía a su padre. Odiaba ver cómo se apagaba su sonrisa y que su mirada se llenase de decepción.

Disgustar a su padre era como hacer que el sol desapareciese detrás de una nube. Ya hacía mucho tiempo que Johara había perdido el amor de su madre y sabía que no podría soportar vivir sin las atenciones de su progenitor.

—Cuéntame qué ha ocurrido, por favor —dijo en su lugar, intentando fingir interés.

—¡Azim ha vuelto! —anunció Arif con una alegría que Johara no podía comprender.

El nombre le resultaba familiar, pero...

—¿Azim...?

—El verdadero heredero de Alazar. Todo el mundo pensaba que había muerto —añadió su padre con incredulidad—. Es un milagro.

—Azim.

Por supuesto, Azim al Bahjat, el hermano mayor de Malik, al que habían secuestrado veinte años antes, cuando ella era un bebé de dos. Nunca habían encontrado su cuerpo ni ninguna nota, así que, durante dos décadas, lo habían dado por desaparecido, por muerto. Y Malik se había convertido en el heredero al trono.

—Azim —repitió—. ¿Qué... qué ocurrió? ¿Cómo ha vuelto?

—Al parecer, después del secuestro sufrió amnesia. Ha estado veinte años en Italia, sin saber quién era. Hasta que vio en la prensa una noticia acerca de Alazar y, de repente, recuperó la memoria. Ha vuelto para reclamar el trono.

—Pero... ¿Qué tiene eso que ver conmigo? —preguntó preocupada con la respuesta.

—Seguro que ya lo sabes —le respondió su padre—. Azim va a ser tu marido.

A Johara se le encogió el estómago de nuevo.

–Pero... si ni siquiera lo conozco –protestó con voz débil.

–Es el heredero –dijo su padre, como si aquello fuese obvio–. Tú has estado destinada a casarte con el heredero al trono de Alazar desde que naciste. De hecho, ibas a ser para Azim antes de que te prometieras con Malik.

–No lo sabía. Nadie me lo había dicho nunca.

Arif se encogió de hombros.

–Normal. Cuando Azim desapareció eras muy pequeña. Pero ha vuelto y querrá casarse contigo.

Si se hubiese tratado de una novela o de una película, habría parecido un gesto romántico, como sacado de un cuento de hadas, pero Johara no quería casarse con un extraño, no después de haberse sentido libre por primera vez en la vida unos momentos antes.

–Me parece un poco precipitado –comentó, intentando que su padre no se diese cuenta de que le horrorizaba la idea–. Hace tan solo una semana iba a casarme con Malik. Tal vez deberíamos esperar un poco.

Su padre negó con la cabeza.

–¿Esperar? Azim está decidido a reclamar el trono, y quiere casarse lo antes posible. De hecho, te espera en Alazar mañana por la tarde.

Johara miró a su padre, que parecía feliz, y se sintió fatal. Siempre había conocido sus obligaciones. Se las habían repetido una y otra vez desde niña, le habían enseñado a valorar todo lo que tenía y que aquella era la manera, la única manera, de compensar a su familia.

Y ella quería complacer a su padre. Por ese motivo, había estado dispuesta a casarse con Malik aunque solo lo hubiese visto dos veces en su vida. No obstante, la semana anterior se había imaginado otro tipo de vida. Una vida en la que podría elegir y ser libre, perseguir sus intereses, intentar alcanzar sus sueños.

En esos momentos, al mirar a su padre, se dio cuenta de lo ingenua que había sido. Su padre jamás le permitiría que se quedase soltera. Era un hombre tradicional, que procedía de un país tradicional, y quería casarla, aunque fuese con un hombre al que Johara no conocía.

—¿Johara? —la llamó en tono duro—. Imagino que no te parece mal.

Ella miró al padre al que siempre había adorado. Había crecido muy protegida, se había educado en casa, solo había participado en actos benéficos aprobados por su padre. Su madre se había distanciado años antes, enferma y deprimida, así que Johara siempre había ansiado el amor y las atenciones de su padre. No podía disgustarlo.

—No, padre —susurró—. Por supuesto que no.

Azim al Bahjat observó desde la ventana la llegada del coche con cristales tintados que llegaba al palacio de Alazar. En él estaba su futura esposa. Ni siquiera había visto una fotografía de Johara Behwar, se había dicho que su aspecto era irrelevante. Siempre había estado destinada a casarse con el futuro sultán, el pueblo de Alazar esperaba que se casase con ella. No tenía elección. Nada impediría que se hiciese con su herencia, que cumpliese con su destino, que demostrase a su pueblo que era el verdadero heredero, el verdadero sultán.

Un sirviente corrió a abrir la puerta del coche y Azim se acercó más a la ventana, con curiosidad por quién iba a ser su esposa, la siguiente sultana de Alazar. Vio un pie pequeño, un tobillo delgado bajo el vestido tradicional. Y entonces apareció el resto, era esbelta y atractiva a pesar de la indumentaria, vio su pelo moreno bajo el colorido hiyab.

Johara Behwar levantó la cabeza para mirar hacia el palacio y Azim pudo ver su rostro. Era muy bella. Tenía los ojos grandes, de color gris claro, las pestañas espesas, las cejas delicadamente arqueadas, la nariz atrevida y unos labios generosos, que invitaban a besar. Azim registró todo aquello en un instante, hasta que se dio cuenta de lo que había en su rostro: aversión. La mirada era seria, tenía los labios apretados y gesto de disgusto. La vio estremecerse al mirar hacia el palacio y abrazarse con fuerza, como si necesitase prepararse para lo que vendría después. Él. Entonces se puso muy recta y empezó a andar como si fuese una condenada subiendo las escaleras del patíbulo.

Azim se apartó rápidamente de la ventana. Se le encogió el estómago y sintió una punzada de dolor en la cabeza. Se llevó los dedos a la sien e intentó calmarlo, aunque supiese que no iba a conseguirlo. Así que a Johara Behwar no le gustaba la idea de tener que casarse con él. No le sorprendía, pero al mismo tiempo...

No podía pensar así. Tenía que acostumbrarse a dejar a un lado los sentimientos. No podía ser tan ingenuo como para esperar tener cierta conexión con la mujer con la que se iba a casar. La dependencia de otra persona, el amor, conducían a la debilidad y a la vulnerabilidad. A la vergüenza y el dolor. Azim lo sabía bien y no tenía intención de volver a pasar por aquello.

Aquel era un matrimonio de conveniencia, era su deber, para forjar una alianza y tener un heredero. Y no importaba nada más.

Respiró hondo, bajó las manos y se giró hacia la puerta para recibir a su futura esposa.

Con cada paso que Johara daba por el pasillo de mármol, sentía que se iba a acercando a su terrible destino. Intentó convencerse de que no podía ser tan malo, pero su cuerpo no estaba de acuerdo. Se giró hacia el hombre que la acompañaba en presencia del Su Alteza Real y le dijo:

–Creo que voy a vomitar.

Este retrocedió como si ya le hubiese vomitado encima.

Johara respiró hondo para intentar calmar su estómago. No podía vomitar allí. Estaba sudando, se sentía aturdida. Volvió a respirar. Podía hacer aquello. Tenía que hacerlo.

Ya lo había hecho antes, aunque hubiese sido una niña cuando había conocido a Malik y no se hubiese dado cuenta de la importancia del acto. Después, se habían visto de manera breve, oficial, y Johara había conseguido abstraerse de la situación y no pensar en lo que aquello implicaba para su futuro.

En esos momentos no era capaz. Azim era un extraño y a ella la habían pasado de un hermano a otro como si de un objeto se tratase. La idea hizo que se le volviese a revolver el estómago.

Se había pasado el vuelo de ocho horas convenciéndose de que, tal vez, podría llegar a un acuerdo con Azim. Al fin y al cabo, eso era un matrimonio de conveniencia. Podría hacerle una propuesta sensata, sugerirle que podían vivir cada uno su vida. De hecho, tendría que haber hecho lo mismo con Malik muchos años antes, aunque no se había dado cuenta de lo que quería hasta la semana anterior, cuando había podido disfrutar del sabor de la libertad.

–¿Está bien, *Sadiyyah* Behwar? –preguntó el asistente al darse cuenta de que en realidad no iba a vomitar.

Johara levantó la barbilla y se obligó a sonreír.

–Sí, gracias. Continuemos, por favor.

Siguió al hombre por el pasillo, rozando el suelo con el vestido. Su padre había insistido en que se vistiese de manera tradicional para su primera entrevista con Azim, aunque no lo hubiese hecho nunca con Malik. Aquella ropa, con tantos bordados y joyas, le resultaba pesada e incómoda, y no estaba acostumbrada a llevar hiyab.

El asistente se detuvo delante de una puerta doble que parecía hecha de oro macizo. Johara ya había estado en palacio varias veces antes, pero siempre se había reunido con Malik en un salón pequeño y acogedor. Azim había escogido una habitación mucho más opulenta para su presentación.

—Su Alteza, Azim al Bahjat —entonó el asistente.

Y Johara entró en la habitación hecha un manojo de nervios.

El sol entraba por las ventanas en arco con tanta fuerza que casi la cegó, así que tuvo que parpadear varias veces antes de poder ver al hombre con el que iba a casarse. Este estaba en el centro de la habitación, muy recto, inmóvil, con gesto grave, serio. Desde la otra punta de la habitación, Johara vio lo negros y opacos que eran sus ojos, como una noche sin estrellas en el desierto. Llevaba el pelo negro tan corto que se podían intuir los fuertes huesos de su cabeza, y tenía una vieja cicatriz que iba del ojo izquierdo a la curva de la boca. Iba vestido con una túnica de lino bordada, tenía los hombros anchos y el cuerpo fuerte y delgado.

Su aspecto era más que intimidante. Aterrador, fue la palabra que a Johara le vino a la mente, y tuvo que contenerse para no retroceder hacia las puertas y alejarse de aquel hombre cuya imagen le parecía cruel, aunque se dijo que tal fuese porque tenía la mirada muy oscura y aquella cicatriz.

Johara tuvo que admitir que, en realidad, era un hombre atractivo, con las facciones equilibradas, la nariz recta y la boca muy sensual. Era evidente que tenía un cuerpo atlético y se movía con gracia y fluidez. Avanzó hacia ella y la miró de arriba abajo.

Entonces inclinó la cabeza a modo de saludo y dijo en tono frío:

—Nos casaremos dentro de una semana.

Capítulo 2

JOHARA se quedó boquiabierta al oír cómo retumbaban las palabras de Azim en el enorme salón. Ni siquiera la había saludado, ni le había dicho que se alegraba de conocerla, ni había utilizado ninguna otra de las muchas fórmulas de cortesía que se empleaban en las sociedades civilizadas.

–Me alegro de que estés conforme –añadió, dándose la media vuelta.

Y Johara se dio cuenta de que había interpretado su silencio como aceptación y que en esos momentos le estaba dando a entender que se podía marchar. Su futuro marido daba por hecho que la conversación se había terminado, y no se habían dicho ni hola.

–Espere... ¡Alteza! –susurró ella con voz ronca.

Se aclaró la garganta, frustrada por el miedo. Era un momento demasiado importante para comportarse como una criada asustada. Azim se giró hacia ella con el ceño fruncido.

–¿Sí?

–Es solo que...

Johara intentó poner en orden sus ideas. La conversación, si a aquello se le podía llamar conversación, había sido tan breve que no podía creerse que se hubiese terminado. No le había dado tiempo ni a pensar.

–Todo esto ha ocurrido tan de repente. Y como hasta ahora no nos conocíamos...

–Ya nos conocemos.

Johara lo miró a los ojos e intentó encontrar algún atisbo de calor en ellos, un esbozo de sonrisa en sus duros labios. No fue capaz.

–Sí, pero esto no es conocernos –añadió, intentando sonreír–. Y el matrimonio... es un paso muy importante para dos personas que no se habían visto nunca antes.

–No obstante, me habían dicho que tú llevabas tiempo preparándote para esto. No entiendo cuál es ahora tu objeción.

–Solo quería decir... –balbució ella–, que tal vez deberíamos conocernos un poco antes. Para...

La expresión de Azim no cambió, la interrumpió.

–No.

Johara respiró hondo e intentó mantener la compostura. Ni en la peor de sus pesadillas habría imaginado que Azim fuese tan frío. Su expresión era despiadada, impaciente, se había cruzado de brazos, como si ella estuviese haciendo perder el tiempo. Johara se preguntó cómo iba a casarse con un hombre así. Y, no obstante, tenía que hacerlo. Su única esperanza era poder negociar un poco las condiciones.

–Entonces, el nuestro será un matrimonio de conveniencia –declaró.

Él hizo una mueca.

–Seguro que ya habías llegado antes a esa conclusión.

–Sí, pero...

No supo cómo continuar. No había esperado que

Azim al Bahjat mostrase una actitud tan fría e indiferente, en la que había una hostilidad subyacente que ella no lograba entender. ¿O estaba siendo paranoica? Tal vez Azim fuese así con todo el mundo. O tal vez estuviese nervioso, como ella.

Aquello era ridículo. Azim al Bahjat no parecía en absoluto inseguro o nervioso. Era evidente que controlaba perfectamente la situación, y a ella. Sin embargo, Johara insistió.

—Malik y yo habíamos hablado...

—No quiero hablar de Malik —rugió él—. No vuelvas a mencionarlo en mi presencia.

Johara guardó silencio. Su padre le había contado que Malik era en esos momentos consejero de Azim, pero, a juzgar por las palabras de Azim, su relación debía de ser bastante tensa.

—Lo siento. Solo pretendía decir que lo más sensato sería que llegásemos a un acuerdo que nos conviniese a ambos.

Aquello pareció divertir a Azim.

—Explícate.

—Como sabrá, yo he pasado casi toda la vida en Francia, no conozco Alazar tan bien como Su Alteza...

—Naciste en Alazar, tu linaje se remonta a hace casi mil años.

Johara lo sabía, su familia descendía de la que había sido, varios cientos de años antes, la hermana de un sultán.

—Lo que quiero decir es que mi casa está en Francia. Solo he estado en Alazar un par de veces desde que soy niña.

–Ese es un fallo importante en tu educación –admitió Azim–. Tendrás que familiarizarte rápidamente con nuestras costumbres.

La conversación no estaba llevando el rumbo que ella quería.

–Yo me refiero a que me gustaría seguir viviendo en Francia el mayor tiempo posible –insistió Johara–. Aunque, por supuesto, vendría a Alazar siempre que fuese necesario, para cumplir con actos y funciones de Estado. Pienso que sería lo más adecuado para los dos.

–¿Sí? –inquirió él, inclinando la cabeza hacia un lado–. Yo no estoy en absoluto de acuerdo.

Johara sintió frustración y apretó los puños.

–¿Puedo preguntar el motivo?

–El lugar de mi esposa está a mi lado, no en otro país –sentenció Azim–. La sultana de Alazar deberá estar con el sultán, o en palacio, mostrando al país que es una mujer ejemplar, modesta y honorable. Ese será tu lugar, *Sadiyyah* Behwar, a mi lado, en el harén de palacio... o en mi cama.

Azim se dio cuenta de que a Johara se le dilataban las pupilas y palidecía. ¿Le repugnaba la idea de compartir su cama? Él había estado con muchas mujeres a lo largo de los años y todas habían compartido su cama más que gustosas. En cualquier caso, lo que Johara pensase daba igual. Él no buscaba su compañía ni tampoco placer, después de toda una vida sin ello, había aprendido a no quererlo.

—Es muy directo —admitió Johara con las mejillas encendidas.

—Solo digo las cosas como son.

Ella sacudió la cabeza.

—Si quiere que esté todo el tiempo a su lado, ¿cómo es que no tiene ningún interés en conocerme?

—¿Qué necesito saber? —preguntó Azim, pensando que le dolía demasiado la cabeza como para mantener aquella conversación—. Eres una mujer joven, sana y sumamente adecuada. No necesito saber más.

Ella levantó la barbilla y lo fulminó con la mirada. Arif le había asegurado que su hija era muy dócil, pero era evidente que había exagerado, y a Azim aquella manera de desafiarlo estaba empezando a resultarle insultante.

—Debe de haber una docena de mujeres como yo —respondió ella—. ¿Por qué está tan decidido a casarse con una extraña a la que ni quiere conocer?

Porque Johara iba a haberse casado con Malik. Porque escoger a cualquier otra habría sido como aceptar un fracaso, un signo de debilidad. Y Azim ya había sufrido demasiado, ya había sacrificado demasiado, como para fracasar en aquello.

—Eres la elegida —declaró en tono frío—. La mayoría de las mujeres lo considerarían un honor.

—Pero yo no soy como la mayoría.

—Estoy empezando a comprenderlo.

—Es que no entiendo...

—No necesitas entender nada —la interrumpió Azim, al que cada vez le dolía más la cabeza—. Lo único que tienes que hacer es obedecer.

Azim se dio la media vuelta y la dejó boquiabierta. Él salió de la habitación, se le estaba empezando a nublar la visión. No podía aguantar más, necesitaba estar en un lugar oscuro en el que poder esperar a que pasase aquella agonía.

–Su Alteza... –oyó a sus espaldas.

Azim reconoció que había sido muy brusco con su prometida. Tal vez, de no haberle dolido tanto la cabeza, habría sido... diferente, pero ya era demasiado tarde para cambiarlo, tal vez tampoco lo habría hecho. Lo mejor para su futura esposa sería aceptar la dura realidad, como hacía él una y otra vez. La vida era dura. Las personas se daban la espalda, se traicionaban, se utilizaban. Ella también aprendería esas lecciones, aunque en unas circunstancias mucho más cómodas que las suyas.

–Te acompañarán a tu habitación –le respondió–. Pasarás los próximos días preparándote para la boda.

Arif la obligaría a obedecer. Entró en la habitación y se dobló en cuanto las puertas se cerraron tras de él, se abrazó las rodillas.

–Alteza...

Un criado corrió hasta él para ayudarlo a incorporarse, pero Azim lo rechazó. No quería que nadie lo viese débil.

–Estoy bien –dijo dirigiéndose a su dormitorio.

Johara se quedó cinco minutos en el salón, hasta que se sintió lo suficientemente tranquila para salir de él y enfrentarse al personal de palacio. La brusca conversación que había mantenido con Azim le parecía casi surrealista y, al mismo tiempo, tenía que admitir que era la dura realidad. Aquel hombre que ni siquiera la había saludado, que solo sabía dar órdenes, cuya sonrisa le parecía cruel, iba a convertirse en su marido.

Intentó encontrar una cualidad positiva en el hombre con el que iba a pasar el resto de la vida, pero no fue capaz. Pensó, desesperada, que poseía un enorme sentido del deber. Y no era feo. De hecho, si su expresión no hubiese sido tan severa, tan fría, le habría resultado guapo.

Era un hombre imponente, de los que llaman la atención y, al mismo tiempo, intimidan. Era demasiado duro, demasiado frío, demasiado cruel. Si en su primera reunión no había mostrado ni el menor civismo, ¿cómo sería la vida con él?

Johara decidió que no podía casarse.

Se llevó las manos a las mejillas, que tenía heladas, y miró por la ventana, hacia el desierto. El cielo estaba completamente azul y el sol brillaba de manera implacable. A Johara le dolieron los ojos, acostumbrados a los campos de lavanda de la Provenza francesa, echó de menos aquellos, su dormitorio colmado de libros, la cocina llena de tarros de hierbas aromáticas, la habitación en la que había experimentado con ungüentos y tinturas, ya que le interesaba mucho la medicina natural. Deseó, una vez más, que su reunión con Azim hubiese sido completamente diferente. O, aun mejor, que no hubiese ocurrido jamás.

Bajó las manos y respiró hondo. ¿Qué podía hacer? Era una mujer impotente en un mundo de hombres, en el mundo del sultán. Lo único que podía hacer era rogarle a su padre que la dejase libre. No tenía otra opción.

Su padre la quería. Si bien era cierto que llevaba años planeando su boda con el sultán... la quería. Tal vez él no se hubiese dado cuenta del tipo de hombre que era Azim. Tal vez cuando le dijese lo frío y duro que parecía su futuro marido, podrían volver a negociar. O, al menos, retrasar lo inevitable algunos meses, o años...

Respiró hondo y salió de la habitación. Un criado la estaba esperando fuera:

—Su Alteza me ha pedido que la acompañe a su habitación.

—Gracias, pero antes me gustaría ver a mi padre.

El criado palideció.

—Lo siento mucho, pero eso no es posible.

—¿Quiere decir que no puedo ver a mi padre? —inquirió ella con incredulidad.

—Está reunido, *Sadiyyah* Behwar —respondió el hombre con cautela—, pero, por supuesto, le haré saber que quiere hablar con él.

Johara asintió, un poco más tranquila. Tal vez estuviese exagerando. Su padre iría a verla, la escucharía y la comprendería.

—Gracias.

Siguió al hombre en silencio hasta una lujosa habitación. La enorme cama tenía sábanas de seda y satén, el cuarto de baño era casi tan grande como su dormitorio de Francia, la bañera, de mármol. Y había un espacioso balcón que daba a los jardines de palacio. Era un lugar precioso, pero ella se sentía encerrada.

Se preguntó qué haría allí, como esposa de Azim. Se resistía a quedarse tumbada en una cama, con la mirada clavada en la pared, como su madre. De hecho, siempre se había prometido que no sería como ella, que iba a ser feliz.

Se preguntó si se dedicaría a sus hijos, si los tenía, para olvidar la soledad de estar atada a un hombre al que no le interesaba lo más mínimo. ¿Tendría amigos, tendría una vida? No podía imaginar cuál sería su futuro, no se lo quería imaginar. En todo caso, quería mucho más de lo que Azim le estaba ofreciendo. Mucho más de lo que cualquier marido le podría ofrecer. Había necesitado una semana de libertad para darse cuenta de aquello.

Se sentó junto a la ventana, emocionalmente agotada. Hacía poco más de doce horas que su padre le había anunciado que iba a casarse con Azim, y faltaba una semana para que se casase con él... salvo que encontrase otra salida. Tenía que hablar con su padre y pedirle que anulase el compromiso. Este la escucharía. Era su *habibti*, su tesoro. No podría permitir que sufriese así.

Azim abrió los ojos en la oscuridad de su dormitorio, la migraña había desaparecido casi por completo, todavía tenía en la cabeza fragmentos de aquel sueño. Estaba en Nápoles, escondiéndose de Paolo, asustado, encogido. Odiaba aquel sueño. Odiaba cómo le hacía sentir.

Lo apartó de su mente con decisión. Iba a convertirse en sultán, iba a recuperar el lugar que le correspondía, era un hombre poderoso, con autoridad. No permitiría que lo acechasen las pesadillas, aunque estas se hubiesen multiplicado desde que había llegado a Alazar.

No tenía ni idea de qué hora era, pero era de noche, habían pasado varias horas. Cerró los ojos, tenía el cuerpo entumecido de haber luchado contra el dolor, pero había ganado la batalla.

Los dolores de cabeza lo habían asediado desde que tenía catorce años y habían empeorado al volver a Alazar, sin duda por la tensión de volver a un lugar donde tenía tantos recuerdos amargos. Además, odiaba la fragilidad de su posición y que esto le hiciese sentirse impotente. No sabía si las tribus del desierto lo aceptarían como líder después de tanto tiempo fuera del país. Se lo habían llevado de allí de niño, en circunstancias que todavía no podía recordar. Y aún no le habían dado la oportunidad de demostrar que era capaz de convertirse en el próximo sultán, aunque su abuelo hubiese estado preparándolo durante años. Su matrimonio con Johara, aunque esta no estuviese de acuerdo, lo ayudaría a cimentar su posición. La necesitaba.

Suspiró pesadamente y se levantó de la cama. En esos momentos, además de la tensión y de la incertidumbre, le pesaba también el gesto de dolor de los ojos grises claros de Johara. No había intentado tranquilizarla, no había mostrado con ella amabilidad ni compasión, tampoco había podido enfadarse con su reacción, le había dolido demasiado la cabeza.

Supuso que tendría que remediar de algún modo

aquella situación, aunque no fuese un hombre pro-
clive a disculparse. En su mundo, una disculpa era
señal de debilidad. Además, lo mejor era que su
futura esposa se fuese acostumbrando a obedecer.

–¿Azim? –lo llamó Malik desde el otro lado de
la puerta de la habitación.

Este se vistió para cubrir su espalda. Nadie, ni
siquiera sus amantes, le habían visto nunca las cicatrices.

Encendió la luz, aunque eso le causase de nuevo
dolor, estiró su ropa y se pasó una mano por el pelo.
No quería que Malik viese en él ningún signo de
debilidad.

–Adelante.

Malik entró y cerró la puerta con cuidado tras
de él.

–¿Estás bien?

–Sí, por supuesto. ¿Qué ocurre? –preguntó él en
tono brusco.

–¿Has hablado con Johara?

–Sí. Y no es tan dócil como había dicho su padre.

Malik apoyó un hombro en la puerta y se cruzó
de brazos.

–Sabe cuál es su obligación.

–Eso esperaba yo –dijo Azim mientras se ponía
los pantalones, ya que estaba más cómodo vestido
de manera occidental–. Le he dicho que nos casaremos dentro de una semana.

–¿Tan pronto? –preguntó Malik con las cejas
arqueadas.

–No tengo tiempo que perder.

–No obstante, es poco tiempo. Hace tan solo una semana pensaba que iba a casarse conmigo.

–Pensaba que iba a tener que casarse con el heredero al sultanato –lo corrigió Azim–, fuese quien fuese.

–Tienes razón, pero es muy joven y no está hecha a nuestras costumbres...

–Pensé que no la conocías –replicó él.

Oyó la dureza de su propia voz y se giró. No sabía por qué le molestaba tanto que Johara hubiese estado a punto de casarse con su hermano.

–Me ha contado que ha pasado casi toda su vida en Francia –añadió–. ¿Por qué?

Malik se encogió de hombros.

–Su madre lleva mucho tiempo enferma. Arif la ha mantenido alejada de Alazar.

–¿Solo porque está enferma? No me parece sensato.

–No conozco bien los detalles –admitió Malik–. Arif no suele hablar de ella.

–Me habían asegurado que la estirpe de Johara era impecable...

–Lo es, pero incluso en las estirpes impecables hay personas con problemas, que están enfermas o que sufren.

Azim no respondió a aquello. Sabía bien lo que era sufrir, y descendía de reyes.

–Bueno, obedecerá. No tiene elección.

–Tal vez la ayudase un poco de amabilidad –sugirió Malik–. Teniendo en cuenta su juventud e inexperiencia.

Azim ya había llegado él mismo a esa conclusión, pero no le gustó oírla en boca de Malik.

–Me las arreglaré con ella –replicó.

Malik asintió. Había tensión entre ambos. De niños, habían tenido una relación de hermanos, pero en esos momentos aquello habría sido como dar un paso de fe para Azim, y no estaba preparado.

Cuando Malik se marchó, Azim llamó a uno de los criados.

–Hagan llevar a *Sadiyyah* Behwar, telas, brocados y sedas sin reparar en gastos, para el vestido de novia, de mi parte. Y asegúrense de que hay costureras a su disposición.

Azim sabía que ya tenía un vestido, el que habría sido para su boda con Malik, pero quería que le hiciesen uno nuevo, solo para él. Y tenía la esperanza de que Johara le agradeciese el gesto.

Capítulo 3

JOHARA se abrazó y reprimió un escalofrío al clavar la vista en los tejados del Barrio Latino de París. Había volado a Niza esa mañana y todavía se sentía mal y no estaba del todo segura de haber tomado la decisión correcta.

Al final, había sido sencillo y doloroso al mismo tiempo. Su padre la había mirado con frialdad e incredulidad cuando ella le había pedido que pospusiesen la boda. El recuerdo de aquella conversación volvió a causarle dolor.

Lo había abordado a la salida de una reunión y los diplomáticos y dignatarios que estaban con él la habían mirado con desaprobación. ¿Qué hacía una mujer irrumpiendo en un mundo de hombres?

—¿Qué estás haciendo aquí, Johara? —le había preguntado Arif, y después, mirando a sus colegas—: Va a casarse con Su Alteza Azim la semana que viene.

—De eso quería hablarte —había dicho ella, haciendo acopio de valor.

Su padre la había agarrado del codo para llevársela a una alcoba en la que pudiesen estar a solas.

—¿Qué ocurre? Me estás humillando en público —la había reprendido una vez allí.

Johara jamás lo había visto mirarla con semejante reprobación.

—Azim es... muy frío.

—¿Frío?

—Me ha parecido casi cruel –había susurrado ella–.
No quiero casarme con él. No puedo hacerlo.

—Es evidente que te he consentido demasiado
–había contestado su padre–. No deberías hablarme
así.

—Padre, por favor...

—Después de una vida llena de comodidades,
solo te he pedido una cosa, algo que es un gran
honor y un privilegio. ¿Y me dices que pretendes
humillarme a mí y a mi familia, poner en riesgo mi
carrera y mi futuro, solo porque te parece un poco
frío?

Arif había sacudido la cabeza.

—Intentaré hacer como si esta conversación no
hubiese tenido lugar.

—Pero, padre, si me quieres... –le había dicho
Johara con voz temblorosa–. Si me quieres, no...

—El amor no tiene nada que ver con esto –había
replicado él–. Estamos hablando de deber y de honor. No lo olvides jamás, Johara. El amor es una
emoción fácil para personas insensatas y débiles. Si
no, mira a tu madre.

Y, sin esperar a su respuesta, se había marchado
de allí.

A Johara le había costado asimilar las palabras
de su padre. Se había dado cuenta en ese momento
de que su padre, al que adoraba, nunca la había
querido.

Adif lo había organizado todo para que volase a Francia esa tarde, para poder recoger sus cosas y volver antes de la boda con su madre. Naima Behwar no solía salir de la cama, mucho menos de la casa de la Provenza francesa, y era evidente que Arif no quería tener que obligarla a hacerlo. Johara se dio cuenta en esos instantes de que la indiferencia y la impaciencia con la que su padre había tratado siempre a su madre eran fiel reflejo de la persona que Arif era en realidad.

Durante el vuelo a Niza, Johara no había dejado de intentar buscar una salida a la situación. Era optimista por naturaleza, pero su alegría innata acababa de sufrir un duro varapalo. Ni siquiera fue capaz de sonreír a Thomas, el chófer, que fue a recogerla al aeropuerto. Thomas llevaba dos décadas al servicio de la familia y la había enseñado a montar en bicicleta. Su esposa, Lucille, había sido cocinera y había enseñado a Johara a destilar aceite de plantas. Johara los había echado de menos y había echado de menos la tranquila vida que había tenido hasta entonces.

Entonces, en vez de quedarse donde Thomas le había dicho mientras él iba a buscar el coche, Johara había echado a correr y se había subido al autobús que llevaba a la estación de ferrocarril.

Una hora más tarde estaba subida a un tren con destino a París, todavía sin poder creer que hubiese huido, que hubiese buscado su libertad.

En París, había pedido una habitación en un hotel destartalado y anónimo del Barrio Latino y, en esos momentos, no sabía qué iba a hacer después.

Era libre, pero no sabía cómo iba a sobrevivir, a encontrar un trabajo y a ganarse la vida sola.

Tampoco sabía cómo iba a evitar que la encontraran. Se estremeció solo de pensar en cómo reaccionarían su padre y su futuro marido cuando se enterasen de su fuga. Tal vez ya lo supiesen. Era probable que Thomas, el chófer, hubiese hecho saltar la alarma.

Oyó las campanadas de una iglesia cercana y risas en la calle, y aquello la animó.

Podía hacerlo. Iba a hacerlo. Encontraría un trabajo y una casa. No tenía experiencia en nada, pero era inteligente y aprendía con rapidez. Cualquier cosa sería mejor que un matrimonio que no quería. Respiró hondo, se apartó de la ventana y decidió salir a buscar trabajo.

Quince minutos después recorría las calles del Barrio Latino con el bolso pegado al pecho. Era la primera vez que paseaba entre la gente. Las anteriores veces que había recorrido París, muchos años atrás, lo había hecho subida a una limusina y bajando solo para ir de tienda en tienda con su madre.

Decidió lanzarse y entró en una cafetería a pedir trabajo, le preguntaron si tenía experiencia y al responder que no, la rechazaron. Y así en cuatro locales más.

Ella se preguntó cómo era posible que se notase tanto su inexperiencia, si sería por su manera de vestir, de hablar, o por su obvia ingenuidad.

Con los pies doloridos y el estómago vacío, se preguntó qué iba a hacer. Y decidió que prefería seguir buscando trabajo en París a casarse con un hombre frío que ni siquiera la quería conocer.

–*Salut, chérie* –dijo una voz masculina a sus espaldas.

Johara se giró y se dio cuenta de que hablaba con ella.

–*Salut* –respondió con cautela a un hombre sonriente que estaba poyado en la puerta de una cafetería destartalada.

–¿Buscas trabajo? –preguntó él–. ¿Te está resultando difícil?

–Un poco –admitió Johara–. ¿Por qué? ¿Necesita usted a alguien?

El hombre sonrió más.

–Sí. ¿Sabes ser amable con los clientes?

A Johara le resultó extraña la pregunta.

–Supongo que sí.

El hombre la miró de arriba abajo, haciendo que se ruborizase.

–En ese caso, puedes empezar esta misma noche. Vuelve a las nueve.

Johara tragó saliva, no podía creer que hubiese encontrado trabajo. No le gustaba el aspecto del hombre ni del local, pero no podía elegir.

–De acuerdo.

Volvió al hotel, comió algo, se duchó y se cambió de ropa intentando no pensar demasiado en el hombre que le había ofrecido trabajo. Y salió a la calle con mariposas en el estómago.

La cafetería estaba llena de ruidosos clientes cuando se acercó, aliviada por haber podido encontrarla entre las estrechas callejuelas del Barrio Latino. El mismo hombre que había hablado con ella un rato antes la recibió en la puerta.

–Ah, *chérie*, me alegro de que estés aquí –dijo, tomándola de la mano para hacerla entrar.

La agarró por la cintura con un brazo y Johara se puso tensa, era la primera vez que un hombre se acercaba tanto a ella.

–No seas tímida –le dijo él riendo, apretándola más contra su cuerpo–. Recuerda que tienes que ser amable.

Johara miró a su alrededor y solo vio rostros sudorosos y miradas lascivas. El hombre seguía agarrándola por la cintura, su olor a sudor y a alcohol la aturdió.

Separó los labios para decirle que aquello no era lo que había imaginado, pero no consiguió articular palabra. Alguien habló en su lugar.

–Aparta las manos de ella ahora mismo –dijo un hombre en tono letal.

El otro hombre se giró para mirarlo y levantó las manos de inmediato al verlo.

–*Pardon, monsieur*, no sabía que estuviese ocupada.

–Pues ahora ya lo sabe.

Johara se giró lentamente, con el corazón acelerado y vio a Azim en la puerta, con la mirada encendida y los puños cerrados. Parecía furioso, su aspecto era aterrador, no era de extrañar que el otro hombre hubiese retrocedido al instante. Ella deseó echar a correr.

–Ni se te ocurra –le advirtió Azim, como si le hubiese leído el pensamiento.

–¿Cómo me has encontrado? –preguntó Johara en un susurro.

–Ha sido muy fácil. Ven conmigo.

La agarró por la cintura y la apretó contra su cuerpo y Johara tuvo que obedecer. Salió a tropezones del local y tuvo que apoyarse en el marco de la puerta para no caerse.

—Para, me estás haciendo daño.

Azim aminoró el paso, le soltó la cintura, pero su expresión siguió siendo furiosa.

—Nos está esperando un coche.

—No voy a ir contigo –le dijo ella con poco convencimiento.

—No seas ridícula –replicó Azim–. No puedes quedarte aquí.

—¿Por qué no?

—Porque... te acabo de sacar de un prostíbulo –le explicó él entre dientes.

—¿Un...?

—Supongo que sabes lo que es –continuó él–. Imagino que no eres tan inocente.

—Por supuesto que sé lo que es –murmuró Johara–. He leído libros.

—Estupendo, entonces tienes mucha experiencia –le dijo Azim, llevándola hacia la limusina.

En esa ocasión, Johara no se resistió.

Subió al lujoso vehículo y el cuero de los sillones le acarició las piernas desnudas. Azim se sentó a su lado y dijo una dirección al conductor antes de cerrar la puerta de un golpe.

—¿De verdad estaba en un...? –le preguntó Johara con incredulidad.

—Sí.

A Johara le castañetearon los dientes, se dio cuenta de lo cerca que había estado del desastre. Podían haberla violado. O haberla vendido como esclava sexual. Sintió náuseas y cerró los ojos. No quería ni pensarlo.

—¿Tienes frío? —le preguntó Azim.

Ella negó con la cabeza. No tenía frío, pero no podía dejar de temblar.

Azim la miró un instante y después abrió el minibar y sirvió una generosa copa de whisky.

—Toma, bébete esto, te ayudará.

Ella miró el líquido ambarino y confesó:

—Nunca he bebido alcohol.

—Pues este es tan buen momento como cualquier otro para empezar —respondió Azim, ayudándola a llevarse la copa a los labios.

El licor le quemó la garganta y le hizo sentir calor en el vientre. Johara consiguió no escupirlo, pero se limpió la boca con el dorso de la mano y después le devolvió la copa a Azim.

—No quiero más.

Él esbozó una sonrisa.

—No ha estado mal para ser la primera vez. No has tosido.

—Quería hacerlo.

—Eres fuerte —añadió él.

Y Johara no supo si aquello era bueno o no.

Miró por la ventana, desconcertada por el imprevisible giro de los acontecimientos.

—¿Adónde vamos? —preguntó después de varios minutos en silencio.

—A mi casa.

—¿Cómo me has encontrado? Sé que ha sido sencillo, pero...

–El conductor alertó a tu padre y este, a mí.

Así que su padre había vuelto a traicionarla. A Johara no le sorprendió, pero le dolió.

–¿Estaba enfadado?

–Furioso –respondió Azim–. ¿Qué esperabas?

«Que siendo alguien que me quiere, pensase en mi felicidad». Aunque era evidente que su padre no la quería. Johara no sabía si podría superarlo con el tiempo.

–No lo sé –murmuró.

Estaba cansada y tenía ganas de llorar, se sentía atrapada y humillada, como una niña traviesa a la que hubiesen castigado en un rincón.

–No pensé que serías tan tonta y egoísta como para intentar huir –comentó Azim en tono enfadado–. Aunque me hubieses dejado claro lo que pensabas de nuestra unión.

–No fui la única –replicó ella, sorprendida con su propia insolencia.

Nunca había hablado así a su padre, ni a nadie. Y se sintió bien al hacerlo, aunque se arrepintiese más tarde.

–Es cierto.

Azim se quedó en silencio y, de repente, Johara se dio cuenta de lo cerca que estaban, de que su muslo rozaba el de ella. Aspiró el olor de su *after-shave*, a sándalo y cedro. El efecto que aquello tuvo en ella le resultó desconocido e intrigante. Sintió el extraño deseo de acercarse más a él y aquello la horrorizó. Aquel hombre era su enemigo. Y además, salvo que un milagro lo evitase, iba a ser su marido.

Este miró por la ventana y por fin admitió:

–Nuestro primer encuentro no fue como yo esperaba.

–¿No? ¿Y qué esperabas? –preguntó ella en tono sarcástico.

–Esperaba encontrarme con la mujer dócil de la que tu padre me había hablado –le respondió, girándose a mirarla–, pero, por el momento, no dejas de decepcionarme.

–Yo también me siento decepcionada –replicó Johara.

Azim la fulminó con la mirada y ella se encogió en el asiento.

–En ese caso, ambos deberemos aprender a vivir con la decepción –dijo Azim–. No es ninguna tragedia.

Volvió a mirar por la ventanilla y guardaron silencio hasta que la limusina se detuvo delante de un elegante edificio situado en los Campos Elíseos.

–¿Vives aquí?

–Es una de mis casas.

El conductor abrió la puerta y Azim salió y le tendió la mano a Johara para ayudarla. Esta se dio cuenta de que no tenía elección, la agarró.

Sintió un chispazo nada más tocarlo y dio un grito ahogado. Azim sonrió con satisfacción.

La sonrisa desapareció al instante y en cuanto Johara estuvo fuera, Azim la soltó y se dirigió hacia el edificio. Ella lo siguió con piernas temblorosas.

Capítulo 4

CUANDO entró en el vestíbulo del edificio, Azim se sintió invadido por una marea de sentimientos. Sobre todo, estaba furioso, furioso porque Johara lo había avergonzado a pocos días de su matrimonio. Después, estaba disgustado porque él la había empujado a hacer aquello al manejar tan mal su primer encuentro. Y no sabía si iba a ser capaz de arreglarlo.

Además, se sentía aliviado por haberla encontrado y haberla sacado de aquel tugurio. Y, para terminar, se sentía satisfecho porque cuando sus manos se habían tocado ella había sentido deseo.

Tal vez Johara no se hubiese dado cuenta, pero él lo había visto en sus ojos, lo había oído en su grito ahogado, y había sentido cómo respondía su propio cuerpo. Al menos habría química en su matrimonio, que no era poco.

No hablaron en el pequeño y antiguo ascensor que los condujo al ático. Johara se apretó contra la reja, tenía los ojos muy abiertos, grandes, de color casi plateado bajo la escasa luz. Azim solo la había visto vestida de manera tradicional y en ese momento, que iba con un vestido de tirantes, se fijó en sus curvas, en los pequeños y tersos pechos, la cintura delgada, las largas piernas. No era de extrañar que aquel tipo la hubiese querido para su burdel. Era preciosa, inocente y sensual, y ni siquiera lo sabía.

–¿Sabe tu padre que te vistes así? –le preguntó.

–Mi padre me deja ponerme lo que yo quiero.

Azim se había dado cuenta de cómo era Arif nada más verlo, un hombre débil y ambicioso, lo mismo que Caivano y, como este, terminaría mal. Azim no quería tenerlo cerca.

El ascensor se detuvo y las puertas se abrieron. Azim condujo a Johara al interior del piso, que ocupaba toda la planta del edificio.

Esta estudió los techos altos, los grandes ventanales, y él se fijó en cómo se le pegaba el vestido a las caderas.

Johara se giró hacia él con la barbilla levantada y los labios apretados, y Azim no pudo evitar admirar su valentía. Le gustó que fuese tan osada, aunque siguiese furioso con ella.

–¿Y ahora, qué? –inquirió ella en tono desafiante y con voz temblorosa al mismo tiempo.

Azim se cruzó de brazos.

–Te casarás conmigo.

–Por supuesto –le respondió Johara, suspirando, echándose a reír–. No tengo elección.

–Si no me equivoco, llevabas toda la vida sabiéndolo. ¿Por qué te resistes ahora?

–Porque...

Johara apartó la mirada y no continuó.

–Por mí, quieres decir –añadió él en tono frío.

–Me dejaste claro que no tienes ningún interés en mí.

–¿Y Malik sí? –preguntó él, aunque no le gustase mencionar a su hermano.

–No particularmente –admitió ella muy a su pesar–. Si te soy sincera, tampoco quería casarme con Malik. ¿Qué mujer querría casarse con un desconocido solo por el bien de un país?

–Supongo que habrá muchas.

–Pues yo no soy una de ellas.

–Pero accediste a hacerlo. Tu padre insistió en ello.

–Cómo no –comentó Johara en tono amargo–. Accedí porque no había conocido otra cosa en toda mi vida. Porque...

Sacudió la cabeza y se quedó en silencio.

–Si eras tan reticente, ¿por qué no se lo dijiste a mi hermano?

–No quería pensar en ello. Fingí.... que no iba a ocurrir y me dije que podría continuar con mi vida después. Solo nos vimos un par de veces, unos minutos. Y yo tenía mi vida en Francia.

Una vida a la que parecía estar deseando volver. Azim se preguntó si la esperaría alguien allí. Tal vez la muchacha no fuese tan inocente como le había asegurado su padre.

–Eso es tener muy poca visión de futuro. Ibas a casarte en unos meses.

–Lo sé. Cuanto más se acercaba la fecha, más intentaba no pensar en ello. Sé que es un comportamiento infantil, pero tal vez fuese una niña –admitió–. Tal vez siga siéndolo.

–No eres ninguna niña, pero eres inocente y has vivido muy protegida hasta ahora. Eso no es malo.

–Salvo que esta noche he estado en un prostíbulo y pensaba que iba a trabajar en una cafetería, de camarera –le dijo ella con tristeza–. ¿Qué habrás pensado de mí?

–Pienso... que ha sido una suerte que te haya encontrado a tiempo.

Johara cerró los ojos y sacudió la cabeza. Una lágrima corrió por su mejilla y Azim deseó consolarla, impulso que le pareció ridículo. Johara parecía verlo como a su enemigo. ¿Por qué iba a consolarla? Él nunca consolaba a nadie.

Y, no obstante, no pudo evitar sentir lástima por ella. Sabía lo que era sentirse atrapado.

Johara, que se había girado hacia la ventana, suspiró con resignación y él ya no sintió tanta pena. La prisión de Johara estaba llena de lujos, iba a convertirse en una mujer poderosa y respetada, no en una esclava. No podía quejarse de nada.

–Deberías descansar –le recomendó en tono brusco–. Mañana va a ser un día importante.

–¿Por qué? –le preguntó ella, girándose a mirarlo.

Él sacudió la cabeza, no quiso decirle más. Su futura esposa tenía que empezar a obedecerle, sin hacer preguntas.

–Vete a la cama –le ordenó–. Puedes utilizar la habitación de invitados que prefieras.

Señaló con la cabeza hacia el oscuro pasillo que salía del salón.

–Y ni si te ocurra intentar escapar –le advirtió–.

La puerta está cerrada con llave y el conserje tiene orden de no ayudarte de ninguna manera.

Johara puso gesto de sorpresa al oír aquello, pero Azim se dijo que no podía confiar en ella. En realidad, no confiaba en nadie, así que no era ninguna novedad. Se dio la media vuelta y la dejó sola en la habitación, no esperó a verla obedecer. Sabía que lo haría.

Johara se despertó con el sol de la mañana, que entraba por los altos ventanales y, por un instante, se sintió alegre y optimista. Entonces recordó todo lo ocurrido en las últimas cuarenta y ocho horas y volvió a hundirse en la almohada, agotada a pesar de que el día no había hecho más que empezar. Era la prisionera de Azim y muy pronto también sería su esposa. Su desesperado intento de lograr la libertad había fracasado y Azim estaba empeñado en casarse con ella.

¿Tenía elección? Sabía que volver a escapar era casi imposible, y que sería todavía más complicado cuando estuviese en Alazar. Y, aunque escapase, ¿qué haría? ¿Adónde iría?

Se levantó de la cama sintiéndose apesadumbrada, sabiendo que tendría que enfrentarse al día, y a Azim, antes o después. No sabía si volarían a Alazar inmediatamente, si vería a su padre... Se sintió peor al pensar en él. Su padre no la quería en realidad. Nadie la quería. Así que lo mejor que podía hacer era enfrentarse a su futuro con la cabeza bien alta.

Miró a su alrededor y estudió la habitación de líneas limpias y colores fríos. Tenía un enorme ventanal con vistas a la ciudad y al Sena. Su maleta estaba junto a la puerta.

Verla la alegró y la angustió al mismo tiempo. Azim había sido muy rápido localizándola.

Se duchó y se vistió sin prisa, intentando posponer el mayor tiempo posible el encuentro con Azim. Al final decidió enfrentarse a él. Además, tenía hambre. Fue al salón y se lo encontró vestido con un impecable traje italiano, con una Tablet delante, tomándose un café. Azim levantó la vista y ella sintió que la traspasaba con sus ojos negros, sintió calor por todo el cuerpo.

Se quedó inmóvil donde estaba. Se fijó en la mirada abrasadora, en los pómulos marcados, en los generosos labios. Y se preguntó qué hacía fijándose en todo aquello.

–¿Vas a ir a trabajar? –le preguntó, porque parecía preparado para la acción, profesional.

Aunque en realidad no sabía si ese era siempre su aspecto. En realidad, no lo conocía.

–No –respondió él–. Siéntate a desayunar.

–¿Siempre vas a estar dándome órdenes? –replicó Johara, más por curiosidad que por rebeldía.

Azim arqueó una ceja.

–¿No tienes hambre?

–Sí, pero...

Johara se encogió de hombros, no quería discutir. No le gustaba la manera de hablarle de Azim, pero supuso que tendría que acostumbrarse.

Azim la observó mientras se acercaba a la mesa,

se servía una taza de café y se sentaba. Johara no supo por qué, pero aquella mañana, recién duchado y vestido de traje, lo veía de otra manera.

No pudo apartar la mirada de él, de los múscu- los que se intuían debajo de la camisa blanca, del brillo de su mirada indescifrable, de su mandíbula recién afeitada. Cada uno de aquellos detalles se quedó grabado en sus sentidos y Johara se dio cuenta de que nunca se había fijado así en Malik. ¿Por qué estaba reaccionando así con Azim? ¿Se- ría porque su boda era inminente e imposible de ignorar, o porque Azim le parecía más peligroso y primitivo que Malik? Casi le costaba creer que fuesen hermanos.

–¿Te resulta extraño? –le preguntó de repente–. ¿Estar de vuelta?

Azim dejó su taza de café y frunció el ceño.

–¿Extraño? ¿A qué te refieres?

Johara se encogió de hombros, consciente de lo poco que sabía de aquel hombre. Y, no obstante, quería saber un poco más.

–Has estado mucho tiempo fuera de Alazar.

–Ahora mismo no estoy en Alazar.

–Ya sabes lo que quiero decir.

Azim se puso en pie, tomó la Tablet y la guardó en una cara funda de piel.

–Lo es y no lo es a la vez. No sé si me entiendes.

–Mi padre me dijo que habías perdido la memo- ria.

–Sí.

–¿Y la has recuperado completamente? ¿Ya te acuerdas de todo?

–No. De casi todo. En cualquier caso, recuerdo bastantes cosas de mi niñez.

Cerró la funda y se puso recto, su gesto se cerró.

Johara asintió, consciente de que allí se había terminado la conversación. Ella seguía sintiendo curiosidad.

–Si vamos a casarnos, tendremos que conocernos mejor –le dijo.

–¿Si vamos a casarnos? –repitió él en tono irónico–. Vamos a casarnos.

Ella apartó la mirada y luchó contra una sensación indescifrable, que no era capaz de reconocer.

–No entiendo que debas casarte conmigo, que no puedas casarte con alguien más apropiado.

–No hay nadie más apropiado que tú.

Johara se echó a reír.

–No soy la única joven de Alazar con impresionante linaje.

–No, pero eres la única que ha estado comprometida con mi hermano –respondió él.

–¿Y eso qué importa?

–Desde hace quince años, eres la futura sultana. Si escogiese a otra incumpliría las expectativas de mi pueblo y despertaría dudas. Y no quiero hacer ninguna de esas dos cosas.

–¿Dudas?

Azim apretó los labios y su mirada se oscureció.

–He estado fuera mucho tiempo.

Así que casarse con ella le aportaría estabilidad al país, o al menos a su reinado. Johara suspiró y sacudió la cabeza.

–Me cuesta creer que pueda ser tan importante.

–Siéntete halagada.

–Preferiría sentirme libre.

Azim cambió de expresión un instante, Johara pensó que tal vez fuese pena, o compasión. Tal vez él la comprendiese, pero era evidente que no iba a cambiar de opinión.

–Has tenido mucho tiempo para acostumbrarte a la idea de un matrimonio concertado –comentó él–. En cualquier caso, si no te casases conmigo, ¿qué harías? ¿Adónde irías?

Ella se quedó mirándolo, no quiso admitir que tenía pocas opciones, y Azim tampoco le dio pie a hacerlo. Enseguida añadió:

–Has estado a punto de caer en la prostitución y eso que solo has estado sola unas horas. No estás hecha para trabajar, no tienes experiencia en la vida. No tienes elección.

–¿Cómo puedes decir que no estoy hecha para trabajar? –protestó Johara–. No me conoces.

Azim se encogió de hombros.

–Es cierto, pero ¿has trabajado alguna vez?

Johara se había pasado horas en el jardín y en la destilería en Francia, o en su habitación estudiando libros relacionados con las hierbas y la medicina natural. Tal vez no fuese lo mismo que pasar ocho horas trabajando de camarera, pero no le gustaba que insinuasen que era una chica vaga o consentida. No obstante, no respondió. De todos modos, Azim ya le había dicho que no le interesaba conocerla.

–Tengo poca experiencia y no la voy a adquirir encerrada en un palacio.

—Ahora la que está haciendo suposiciones eres tú.

—¿Sí? Fuiste tú el que me dijo que mi lugar estaba a tu lado, en el harén o... —se interrumpió, ruborizada.

—O en mi cama —terminó Azim—. Hay lugares mucho peores.

—Eso no lo sabré nunca —murmuró ella, apartando la vista. Se sentía incómoda.

—No, no lo sabrás —admitió él—. Esa parte del matrimonio va a ser interesante para los dos.

—¿Interesante?

—Placentera —añadió él, agarrándola de la mano para hacer que se pusiese en pie.

Se quedaron frente a frente, tan cerca que Johara podía sentir el calor que emitía el cuerpo de Azim. Sabía que si se movía lo más mínimo lo tocaría. Se sintió aturdida.

—Tal vez deberíamos comprobarlo ya, para no llevarnos una sorpresa la noche de bodas.

—Yo no... —empezó Johara.

Y Azim la acercó más a él, hasta que sus cuerpos se tocaron.

—¿No, qué? —le preguntó él, levantándole el rostro con una mano—. ¿O sí?

Johara no supo qué responder, así que se limitó a sacudir la cabeza con impotencia, separó los labios, pero no articuló palabra. Azim rio suavemente.

—Emites mensajes contradictorios, Johara —susurró él—. Yo pienso que estás asustada, pero que al mismo tiempo quieres que te bese.

A Johara no la habían besado nunca, pero sin saber por qué bajó la vista a los labios de Azim. Unos labios que se estaban acercando a los suyos y que hacían que se le acelerase el corazón. Quería que la besase, sí. No lo entendía, pero lo deseaba.

Y cuando Azim la besó, ella siguió preguntándose qué había ocurrido. Y entonces la volvió a besar y ella sintió toda una sinfonía de sensaciones.

Era como si tuviese fuegos artificiales en la cabeza, y en el resto del cuerpo, mientras Azim la besaba con suavidad y hacía que sus cuerpos encajasen. Johara enterró las manos en su pelo y echó la cabeza hacia atrás.

No había pensado que un beso fuese así. Tan... maravilloso. Casi no sabía lo que estaba haciendo, solo sabía que quería desesperadamente más. Pasó las manos por su rostro, trazó la cicatriz.

Azim se quedó inmóvil un instante y entonces rompió el beso. Johara parpadeó, tenía los labios hinchados, se sentía confundida. La mirada de Azim era inescrutable, solo estaba ligeramente ruborizado.

–Ha sido un buen comienzo –comentó en tono ligeramente triunfal, apartándose de ella.

Johara se limitó a mirarlo. No sabía lo que había ocurrido, ni por qué. Aquel beso, apasionado y prometedor, era lo último que había esperado. No, tuvo que reconocer que, en realidad, lo último que había esperado era responder al beso de semejante manera.

Azim había provocado un cortocircuito en sus sentidos. Johara se sentía abrumada, nunca había sentido tanto deseo. Por un instante, no había podido pensar en otra cosa.

–¿Tienes la costumbre de besar así a la gente? –preguntó con voz temblorosa.

–No –respondió Azim–. Solo a mi esposa.

–Todavía no me he casado contigo.

–No, pero vas a hacerlo –respondió él–. Hoy mismo.

–¿Qué quieres decir?

–Lo que has oído. Nos esperan en el juzgado dentro de una hora.

–¿Dentro de una hora? ¿Quieres que me case contigo dentro de una hora?

–Sí, eso es.

–Pero... –empezó ella. Tenía la boca seca, el corazón acelerado–. ¿Y mis padres? ¿Y tu pueblo?

–También es tu pueblo, Johara.

–¿Por qué? –preguntó ella–. ¿Por qué todo tan de repente? ¿No prefieres una ceremonia de verdad, en Alazar? ¿No lo preferiría así tu pueblo?

–Sí, y la tendrán. Esto será solo una ceremonia civil. La ceremonia religiosa tendrá lugar dentro de cinco días, pero no te confundas, la de hoy también tendrá validez.

Johara lo miró fijamente.

–No estoy preparada –protestó, aun sabiendo que a Azim no le importaba.

–No puedo arriesgarme a que vuelvas a huir –le explicó él–. Aunque no pienso que vayas a tener la oportunidad.

—¿Y si te prometo...?

—No confío en tus promesas —la interrumpió Azim—. Y no voy a cambiar de opinión.

—¿Sabe mi padre lo que te propones? —preguntó ella, desesperada.

—Sí.

Así que a su padre no le importaba que Azim la obligase a casarse con él. Por supuesto que no.

No podía escapar del matrimonio. Si huía, Azim volvería a encontrarla. Y, aunque este no la encontrase, Johara no estaba segura de poder sobrevivir ella sola.

Además, no podía olvidarse de cuál era su deber. Tal vez, como esposa del sultán, podría tener su propia vida y hacer el bien en el mundo. Desde luego, tendría más posibilidades que viviendo a la fuga, sin dinero ni recursos.

Y tal vez la falta de interés de Azim fuese algo positivo. Ella tampoco buscaría su amor, no quería que volviesen a hacerle daño, como le había ocurrido con su padre.

Había intentado ser libre, pero en esos momentos debía madurar y hacer frente a su futuro. No eludiría sus responsabilidades por el mero hecho de que su padre no fuese la persona que ella había pensado que era.

—No será tan horrible —comentó Azim.

Y ella dejó escapar una carcajada.

—¿Se supone que quieres hacerme sentir mejor?

—Ser la reina de un país y vivir con todos los lujos no es estar condenada a cadena perpetua.

Johara tuvo la extraña sensación de que le había hecho daño con sus palabras.

—No, pero sí que es para toda la vida.

—Sí, lo es. Ahora, te sugiero que vayas a prepararte para la boda.

Capítulo 5

AZIM miró de reojo a su esposa, fijándose en que había subido a la limusina pálida y cabizbaja. Había estado en silencio desde que le había dicho que se preparase para la boda, y solo le había contestado con monosílabos cuando él había intentado entablar conversación.

Se había puesto muy guapa, con un vestido rosa claro cubierto por una gasa con perlas incrustadas y el pelo moreno y grueso recogido en un moño bajo. Azim había pedido a una boutique cercana que le enviasen varios vestidos apropiados para la ocasión y se alegraba de que Johara hubiese elegido aquel.

Un par de días antes había pensado que no le importaba la opinión de Johara, en esos momentos se dio cuenta de que había estado equivocado. No quería tener que lidiar con su hostilidad. Había pensado que en cuanto estuviesen en Alazar la mandaría al harén y solo la vería cuando fuese necesario, pero la miró y sintió... ¿el qué? No era pena, pero sí que era una emoción a la que no estaba acostumbrado y con la que no se sentía cómodo. Sintió una fuerte punzada de dolor en la cabeza y se recostó en el asiento, cerró los ojos y respiró hondo. No era el mejor momento para sufrir una migraña.

–¿Estás bien? –le preguntó Johara en voz baja.

Y él abrió un ojo.

–Sí.

Ella lo recorrió con la mirada, no había rencor ni amargura en ella.

–Me ha dado la sensación de que te encontrabas mal.

Azim se puso tenso al sentir otra punzada de dolor.

–Estoy bien –repitió con más firmeza, y volvió a cerrar los ojos.

Johara suspiró.

Azim no supo qué estaría pensando y sintió curiosidad, cosa que lo molestó. No quería interesarse por ella, hacía tiempo que había aprendido a no confiar en nadie.

Se dijo que la confianza tampoco formaría parte de su relación con Johara. De hecho, tampoco iban a tener una relación. Lo suyo era un acuerdo, nada más, y a él le daba igual lo que Johara pensase, a ese respecto y a cualquier otro.

–No me has dicho adónde vamos –comentó Johara–. ¿Vamos a volar a Alazar hoy mismo?

–No, vamos a ir a Italia. Tengo un negocio en Nápoles.

–¿Qué clase de negocio? –preguntó ella por curiosidad.

–Tengo que revisar la contabilidad de mi empresa antes de volver a Alazar.

No le gustaba tener que delegar, pero tendría que hacerlo para centrarse en su país.

–No sabía que tuvieses una empresa. ¿A qué se dedica?

—Es una agencia inmobiliaria. Olivieri Holdings. Ella frunció el ceño.

—¿Olivieri...?

—Respondía al nombre de Rafael Olivieri antes de recordar quién era en realidad.

Rafael Olivieri estaba en esos momentos muerto, muerto y enterrado. Al menos, para él.

—Debe de ser una sensación muy extraña —comentó ella, su gesto se suavizó y Azim apartó la mirada.

—Fue lo que fue.

—¿Y las personas que te conocían como Rafael? ¿Tu vida anterior?

Él se puso tenso, con la vista clavada en el tráfico, recordó muy a su pasar los años de duro trabajo e infructuosa lucha. La ira y la vergüenza. El dolor y, al final, la dulce venganza. A pesar de haber arruinado al hombre que lo había arruinado a él, no se sentía satisfecho. Eso no le había compensado tantos años perdidos. Solo se resarciría reclamando su herencia y su futuro.

—¿Qué?

—¿No lo echas de menos?

Azim sacó el teléfono y empezó a leer mensajes.

—No.

No echaba de menos a nadie de su vida anterior. Absolutamente a nadie.

Durante veinte años, se había centrado en vengarse de Paolo Caivano y cuando lo había conseguido se había dado cuenta de que no era suficiente. Entonces había visto a su abuelo en las noticias y había empezado a acordarse de Alazar, se había dado cuenta de qué era lo que tenía que hacer. De qué iba a compensarle todo lo que había vivido.

Johara estuvo en silencio unos minutos y Azim se dedicó a responder a algunos correos electrónicos.

–¿Cuánto tiempo nos quedaremos en Nápoles? –preguntó ella por fin.

–Un par de días –le respondió él, levantando la vista y dedicándole una fría sonrisa–. Tenemos que estar de vuelta en Alazar el fin de semana para nuestra boda de verdad.

Azim se pasó el breve vuelo a Nápoles trabajando, lo mismo que el trayecto hasta su casa, situada a las afueras de la ciudad. Johara no intentó entablar conversación con él y Azim se dijo que lo prefería así, aunque no había podido ignorar su presencia ni evitar escuchar sus suspiros y aspirar su sutil perfume con aroma a vainilla y almendras. Su pelo era tan oscuro que casi tenía un brillo azul y Azim se preguntó si sería suave. El trabajo no le cundió tanto como le habría gustado, y se sintió molesto al darse cuenta de que la presencia de su esposa lo distraía.

Cuando llegaron a su destino Johara estaba pálida y parecía agotada. Siguió en silencio cuando salieron del coche y entraron en la lujosa casa.

El mayordomo, Antonio, se apresuró a tomar sus maletas y Johara le dedicó una sonrisa tan sincera que Azim se dio cuenta de que a él nunca le había sonreído así. Y le fastidió haberse fijado... y que le importase.

La vio en el centro del recibidor, ella sola, con la

mirada brillante, el pelo negro, la cara pálida, el esbelto cuerpo vestido de rosa. Y, muy a su pesar, Azim se sintió conmovido.

–Deberíamos comer algo. He llamado al chef para pedirle que nos tuviese la cena preparada.

–Oh, estupendo –comentó ella.

Azim asintió, se sentía tan incómodo como ella. Ninguno de los dos sabía cómo actuar. Lo más sencillo habría sido dejarla sola y ponerse a trabajar, pero, por algún motivo absurdo, era incapaz de hacerlo. La veía tan impresionable, tan frágil, que quería hacer algo y no sabía el qué. No era ningún caballero. No estaba acostumbrado a ser galante. Toda aquella situación le resultaba extraña y, no obstante, no podía dejar de desear amortiguar el golpe para su esposa.

Johara miró a su alrededor sin conseguir fijarse en nada concreto, se sentía nerviosa y aturdida.

Todo había ocurrido tan deprisa que tenía la sensación de haber visto una película sobre la vida de otra persona. Estaba casada. ¿Cómo era posible? Y, lo que era más importante, ¿qué iba a ocurrir a continuación?

No sabía qué esperar. Se conocía la teoría de una noche de bodas, no eran tan inocente, pero, con respecto a Azim, lo había visto casi amable durante algunos momentos. Y el beso...

–La comida estará lista enseguida.

Johara vio a Azim en la puerta del enorme salón en el que ella había entrado, estaba más serio que nunca. ¿Esperaría que consumasen el matrimonio aquella noche? Ella no se atrevía a preguntárselo.

–Bien –consiguió responder–. Gracias.

–¿Te quieres cambiar de ropa?

«¿Y qué me voy a poner?». Aquel vestido la había hecho sentirse bella. Era uno de los más bonitos que había llevado nunca y le había parecido todo un detalle que Azim se hubiese encargado de procurárselo.

–He pensado que tal vez estarías más cómoda con otra ropa –le explicó Azim al ver que no le respondía–. Encontrarás varios conjuntos arriba, los he hecho traer para que tengas qué ponerte hasta que nos marchemos a Alazar.

Johara no supo si era otra de sus órdenes o un acto de consideración. Tal vez ambos.

–De acuerdo, gracias.

Lo siguió escaleras arriba, hasta un dormitorio decorado en tonos crema y oro, muy lujoso, con al menos una docena de almohadas de seda y satén sobre la enorme cama.

Y miró la cama y no pudo evitar imaginársela ocupada, con dos cuerpos desnudos entrelazándose... ¿De dónde había salido aquella fantasía? No cabían fantasías en su noche de boda, solo deber. No obstante, le faltó el aire de repente y se sintió aturdida.

–La ropa está en el vestidor –le indicó Azim, señalándole hacía una estancia que parecía casi tan grande como el dormitorio.

–Gracias –respondió ella, ruborizada por la vergüenza.

¿Habría visto Azim en sus ojos lo que pensaba? La expresión de este era inescrutable, como siempre.

–Te esperaré en el piso de abajo. Ven al comedor cuando estés lista.

–De acuerdo...

Él ya había salido de la habitación y Johara dejó escapar el aire que había estado conteniendo. Se preguntó si en algún momento conseguiría hablar con aquel hombre, su marido, con naturalidad.

Entró en el vestidor y vio, sorprendía, que había una docena de vestidos, camisas y pantalones, ropa interior de encaje y seda doblada en los cajones. Lo que venía siendo un vestuario completo. Había más ropa allí de la que había tenido en toda su vida. No podía creer que Azim le hubiese comprado tantas cosas. ¿Cómo era posible que conociese su talla? ¿Su talla de sujetador?

Era todo un detalle por su parte y, al mismo tiempo, Johara se preguntó si no iba a poder elegir su propia ropa ella. ¿Iba a tomar Azim todas las decisiones de su vida? Esa era la sensación que Johara tenía por el momento y la idea de intentar oponerse, sin duda inútilmente, le resultó agotadora.

Se preguntó qué debía ponerse para bajar a cenar. ¿Uno de los vestidos de cóctel? ¿O un negligé de seda? Gimió con frustración y se decidió por unos pantalones vaporosos de algodón muy suave y un top a juego en color aguamarina. Después respiró hondo y se dirigió al comedor.

Azim estaba junto a la ventana, de espaldas a

ella, cuando Johara entró. Se giró y le brillaron los ojos mientras la estudiaba con la mirada. Ella sintió que se ruborizaba, se le endurecieron los pechos y notó calor entre los muslos. ¿Cómo era posible que Azim le produjese aquella reacción tan solo con mirarla? Aquello la asustó. No estaba preparada, no tenía experiencia.

–Huele muy bien –comentó, dirigiéndose hacia la mesa.

–¿Qué te apetece? –le preguntó Azim, rozándole el pecho con el hombro al inclinarse a por un plato.

–No... no sé –respondió ella con voz humillantemente ronca.

–Puedes relajarte –le dijo Azim mientras empezaba a llenar el plato.

Había risotto con verduras, pasta con estofado de carne, pimientos rellenos. Todo parecía delicioso, pero a Johara se le había cerrado el estómago.

–¿Tú crees? –preguntó ella, riendo con nerviosismo.

–No voy a devorarte aquí, encima de la mesa del comedor –añadió él–. Ni en ninguna otra parte. La noche de bodas tendrá lugar después de la boda de Alazar.

–Ah... bueno...

Johara no supo qué decir, había sentido alivio mezclado con decepción.

–¿Más tranquila? –preguntó Azim en tono sarcástico–. Te aseguro que cuando llegue el momento de consumar el matrimonio lo desearás tanto como yo.

Johara no supo qué pensar al respecto.

–Entonces, ¿por qué esperar? –preguntó, haciendo acopio de valor.

Se arrepintió al instante. Daba la sensación de que estaba desesperada, y no lo estaba. No podía estarlo.

–Porque nuestro pueblo espera ver una prueba de que eres virgen y, si no se la presentamos, será una deshonra para ambos.

–¿De verdad? –inquirió ella–. Eso me parece un poco... antiguo.

Azim se encogió de hombros.

–Es la realidad –comentó, torciendo la sonrisa–. Al menos tienes un par de días de aplazamiento.

Luego señaló con la cabeza hacia las puertas de la terraza.

–Vamos a cenar fuera.

–De acuerdo. Tal vez deberíamos... hablar.

–¿Hablar? –repitió él, sorprendido–. ¿De qué?

–De nosotros. Dado que estamos casados, deberíamos conocernos mejor, ¿no?

Azim la miró con gesto inexpresivo y ella recordó que le había dicho que no quería saber nada de ella, que ya sabía todo lo que necesitaba saber.

–Da igual –murmuró Johara, sintiéndose como una tonta.

Tomó su plato y salió a la terraza, el viento frío y las increíbles vistas que rodeaban la casa la animaron solo un poco.

¿Cómo iba a conseguir que aquel matrimonio funcionase? Comió algo de ensalada, seguía sin apetito. Era optimista por naturaleza, se había obligado a serlo al tener que convivir tanto tiempo con la tristeza de su madre. Siempre había preferido ver el lado positivo de las cosas, pero en esos momentos empezó a comprender cómo se había sentido su madre. Azim no quería conocerla. No quería tener ningún tipo de relación con ella. Solo quería que fuese su esposa... y tenerla en su cama.

–¿De qué quieres hablar? –le preguntó este desde la puerta de la terraza, con el plato en la mano, con gesto de resignación.

–No pretendía que fuese una tortura –le respondió Johara.

–No estoy acostumbrado a hablar de mí mismo –admitió Azim mientras se sentaba frente a ella.

Su perfil le recordó a Johara al de un emperador romano. El único defecto de su rostro era la cicatriz que le recorría la mejilla. Johara se preguntó cómo se la habría hecho, pero supo que no debía preguntárselo. Todavía no era el momento, y probablemente no lo fuese nunca.

–De hecho –continuó Azim–, no estoy acostumbrado a hablar de nada.

–¿Por qué? –le preguntó Johara.

Él se encogió de hombros.

–De niño, no se me alentó a hacerlo y después... –se interrumpió, como si no quisiese decir más.

Johara no supo cómo continuar, pero se dijo que aquel hombre era su marido, que quería entenderlo.

–¿Te refieres a después de que te secuestrasen...?

Él asintió, estaba muy tenso.

–Dijiste que habías conseguido recordar algunas cosas.

–Pero no me acuerdo del secuestro –respondió Azim–. Solo sé que me desperté en una cama de hospital en Italia, sin saber quién era ni qué me había ocurrido.

–Eso es terrible.

Azim había tenido catorce años por entonces.

–Pero alguien debió de cuidar de ti, porque eras solo un niño. ¿Dónde estuviste todo ese tiempo? ¿Quién cuidó de ti?

Él esbozó una sonrisa.

–Nadie.

–Pero si solo tenías catorce años. ¿Qué hiciste?

La mirada de Azim se volvió todavía más distante e inescrutable.

–Sobrevivir –dijo por fin con tristeza.

Y Johara sintió un terrible vacío.

¿Por qué hablaba la gente de sí misma? Era una tortura. Azim no quería contarle a Johara nada acerca de su pasado. No quería tener aquel tipo de relación con ella, no quería darle tanto poder. Y, no obstante, ya le había contado más que a nadie.

«Sobrevivir». Y, en ocasiones, con dificultades. Azim supo que ya había dicho demasiado. Johara lo estaba mirando con pena y él odiaba aquello. No debía haberle dicho nada.

–¿Y tú? ¿Cómo pasabas el tiempo en el sur de Francia?

–He tenido una vida muy tranquila. Ayudaba a mi madre, y pasaba mucho tiempo en el jardín –comentó ella, sonriendo–. Nada interesante.

–Seguro que también ibas a fiestas y eventos así.

–No. Es habitual que mi madre no se encuentre bien, así que yo estaba casi siempre con ella. A veces iba al pueblo, y tuve un tutor durante años y, por supuesto, el jardín, que siempre me ha hecho mucha compañía.

Su respuesta no era la que Azim había esperado.

–¿Y amigos?

–No tengo amigos –admitió Johara, encogiéndose de hombros–. Salvo el personal que trabaja en casa. Lucille, la cocinera, y su marido, Thomas. Los voy a echar de menos.

–¿Y esa es la vida que tan desesperada estabas por conservar? –inquirió él.

–No, hui porque quería ser libre para escoger cómo quería vivir, para escoger mi propio destino.

–Ni siquiera yo tengo libertad para hacer eso.

Ella frunció el ceño.

–¿Qué quieres decir?

–Que es mi deber y mi destino ser el próximo sultán. Eludirlos sería intolerable.

–Y, no obstante, tienes elección.

Azim no estaba de acuerdo. Tenía que convertirse en sultán para demostrar quién era y lo que le había ocurrido. En ocasiones, tenía la sensación de que necesitaba hacerlo para salvar su alma, si acaso aquello era posible.

–Tú también la tenías –comentó–. Podías haberte negado a casarte, Johara, haberle dicho al juez que acudías a la boda coaccionada.

Ella se ruborizó y apartó la mirada.

–Me pareció inútil. Y deshonesto. Al igual que

tú, yo también tengo un deber. Llevan toda la vida recordándomelo. Y eludirlo... ¿para qué? ¿Para arruinarme la vida, para vivir en la pobreza o algo peor?

Arrugó la nariz.

—Me pareció que este era un mal menor.

—¿Y se supone que quieres hacerme sentir mejor? —dijo Azim, repitiendo la pregunta que ella misma le había hecho antes.

—No, lo cierto es que no. Me has preguntado y yo te he respondido con sinceridad —admitió Johara, respirando hondo—. Ahora que estamos casados, me gustaría llevarme bien contigo, Azim. Me gustaría conocerte. Me gustaría que fuésemos al menos... amigos.

—¿Amigos? —repitió él con incredulidad.

Él no tenía amigos.

—¿Por qué no? —insistió Johara—. Estamos casamos. Vamos a tener que compartir nuestras vidas, algún día tendremos hijos, si Dios quiere. ¿No sería mejor que tuviésemos una buena relación? ¿Que pudiésemos compartir preocupaciones, miedos, ilusiones...?

Azim la miró sorprendido. No tenía intención de compartir aquello con nadie, no quería dar a nadie tanto poder.

Y, no obstante, por un momento, casi se lo pudo imaginar. Pensó en su hermano Malik, que tenía aquel tipo de relación con su prometida, Gracie.

Pero él no era su hermano. No podía ser ese hombre. Su vida lo había convertido en un hombre duro y solitario, y seguiría siendo así.

–No somos amigos –respondió–. Somos marido y mujer. Ya te he dicho lo que necesito de ti –le dijo, ignorando el gesto de dolor de Johara–. Y no quiero más.

Capítulo 6

CUANDO Johara se despertó a la mañana siguiente, Azim ya se había marchado a trabajar, así que se pasó la mañana recorriendo las habitaciones de la casa, en la que no había ningún recuerdo u objeto personal, nada que le hiciese conocer un poco mejor a su marido. Y, no obstante, según Antonio, el mayordomo, aquella era la principal residencia de Azim.

Johara se dijo que tal vez tuviese los objetos personales guardados en su dormitorio, o en el despacho. No se atrevió a entrar en esas dos habitaciones, sobre todo, porque el personal que trabajaba en la casa no le quitaba ojo de encima. Johara terminó saliendo a los jardines, enormes, cuidados, para apartarse de aquel horrible silencio y de las inquisidoras miradas.

El sol brillaba con fuerza, el cielo estaba azul, pero Johara no fue capaz de disfrutar. Quería conocer mejor a su marido, aunque fuese solo un poco. No quería pasar el resto de su vida junto a un extraño.

No buscaba en él amor ni cariño, pero pensaba que podían ser, al menos, amigos.

Se dijo que debía tener paciencia, que era solo

cuestión de tiempo, aunque tenía dudas. Si Azim no quería que lo conociese, no podría hacerlo.

Antonio la llamó para que fuese a comer y Johara suspiró y se levantó del banco en el que había estado sentada. Comió sola en una mesa para veinte personas, y se preguntó si toda su vida iba a ser así.

Estaba casada, pero se sentía más sola que nunca, y aquello no podía ser.

Después de la comida decidió salir. Tomó el abrigo y el bolso y le pidió a Antonio que avisase al conductor.

—Pero, *signora*, no puede salir... —le dijo Antonio con preocupación.

—Me gustaría conocer Nápoles —respondió ella.

—No, no, lo siento, *signora*. El *signor* no le ha dado permiso para salir.

—¿Ni siquiera con el conductor? —preguntó ella.

—Lo siento, pero no.

Johara se sintió frustrada y humillada. Se sintió como una prisionera. Entendió que Azim desconfiase de ella, pero no pudo evitar molestarse.

Irguió la cabeza y volvió al jardín. Siempre se había refugiado en la naturaleza, pero aquellos jardines tan cuidados y estériles no se parecían en nada al jardín salvaje y anárquico que ella había cultivado en Francia. De repente, echó tanto de menos su casa que sintió que no podía respirar. Quería su jardín, su destilería llena de botellas y botes, la cocina y a Lucille canturreando mientras hacía la comida.

Echaba de menos a su gato gris, Gavroche, y sus

libros favoritos, la libertad de su vida. Echaba de menos incluso a su madre, que solo había sido una presencia silenciosa durante años, que prácticamente no salía nunca de su habitación.

Solo llevaba un día casada y ya lo estaba lamentando. Se dejó caer en el banco del jardín y cerró los ojos. En esa ocasión no tenía escapatoria.

Azim repasó las últimas cuentas en su despacho del centro de Nápoles, haciendo un esfuerzo por concentrarse en las columnas de números que había en la pantalla. Tenía cuestiones importantes que atender antes de volver a Alazar, pero no podía dejar de pensar en Johara. ¿Qué estaría haciendo en esos momentos? ¿En qué estaría pensando? ¿Qué estaría sintiendo? Él no era así. Aquel matrimonio no era así. Y, no obstante, no dejaba de verla como la había visto después de la boda: sola, con el vestido rosa, el pelo recogido y expresión de pena, resignación y frustración. La comprendía. Entendía aquel sentimiento de soledad y de resignación frente a un destino que jamás habría elegido libremente.

Y, no obstante, la situación no era tan terrible. No se había muerto nadie. Él sabía lo que era sufrir de verdad. Y no era aquello.

A las cuatro de la tarde cesó en su empeño por trabajar. No podía concentrarse. Apretó con impaciencia el interruptor que había en su teléfono.

–Haga venir al *signor* Andretti para hablar con él de las cuentas del último mes.

Lo delegaría todo en Andretti, algo que no era habitual en él, y se marcharía a casa, a ver qué hacía Johara. Tal vez, a hablar con ella.

Seguía horrorizándolo la idea de darse a conocer mejor y se preguntó si podría llegar a conocerla a ella.

Él tenía demasiados secretos, demasiada oscuridad que no quería compartir con Johara. No quería ni pensar cómo reaccionaría esta si le contaba cómo había crecido, cuánto se había rebajado. No quería que nadie conociese sus puntos débiles, mucho menos su esposa. No volvería a darle a nadie tanto poder.

Pero sí podía hacerle preguntas para saber más de ella y, tal vez entonces, con la curiosidad y el deseo satisfechos, podría volver a concentrarse en el trabajo.

Una hora después salía del despacho para volver a su casa en las afueras de Nápoles.

—¿Dónde está la *signora* Bahjat? —le preguntó a Antonio nada más llegar.

—Fuera, *signor*.

—¿Fuera? —repitió Azim con incredulidad—. ¿Dónde? He dado instrucciones precisas de que no saliese de la casa.

—Solo ha salido al jardín —respondió Antonio—. Lleva horas ahí sentada.

—Iré a buscarla —dijo Azim con el ceño fruncido.

Recorrió la casa, abrió las puertas que daban al jardín y aspiró el olor a flores. El sol estaba empezando a descender y bañaba los jardines de un halo dorado. Buscó con la mirada, pero no vio a Johara.

Se puso nervioso. La finca tenía medidas de seguridad por necesidad. Paolo Caivano seguía en la
ruina, pero todavía quería vengarse de él. Y quería
recuperar su casa.

Azim sonrió de manera fría al pensar en lo difícil que era aquello. Había destruido a su torturador,
al menos, económicamente.

Recorrió los jardines buscando a Johara con la
mirada, pensando que no era posible que Caivano
se la hubiese llevado, aunque la idea no le gustó.

Por fin la vio sentada en un banco, debajo de un
ciprés. Parecía tranquila. Tenía la cabeza poyada en
el banco, los ojos cerrados y un esbozo de sonrisa
en los labios.

–¿Qué has estado haciendo aquí tanto tiempo?
–le preguntó en tono demasiado duro, exigente.

Johara abrió los ojos y dejó de sonreír.

–Disfrutar del jardín –respondió–. ¿Acaso es un
crimen?

–Antonio me ha dicho que llevas aquí horas.

–¿Y?

–¿Por qué? –preguntó él.

–Porque me gusta estar al aire libre, me aburría
en la casa y se me ha prohibido salir de la finca, así
que he decidido estar aquí –le explicó ella en tono
ácido.

–Conoces el motivo de esas medidas –le respondió Azim.

–Ahora estoy casada contigo. ¿De qué me servi-
ría huir? He aceptado mi destino.

Azim la miró en silencio. Había salido a buscarla para hablar con ella, para conocerla mejor,

como ella quería, pero había sido una pérdida de tiempo. Habían terminado discutiendo.

—No vuelvas a salir al jardín —espetó.

Aquello la enfadó.

—¿Me estás prohibiendo que salga de la casa? El jardín está rodeado por un muro y hay cámaras de seguridad por todas partes, ¿qué piensas que puede ocurrir?

Él apretó la mandíbula, estaba empezando a dolerle la cabeza.

—Lo hago por tu seguridad —le respondió.

—Qué detalle por tu parte. Yo diría que lo que intentas es demostrarme el poder que tienes sobre mí. Otra vez.

—Tengo enemigos en Nápoles —le dijo Azim.

—¿Enemigos? —preguntó ella sorprendida—. ¿Qué clase de enemigos?

Azim se encogió de hombros. No tenía intención de darle detalles.

—El poder y el dinero provocan envidia, no necesitas saber más.

—¿De verdad estoy en peligro? —insistió Johara, humedeciéndose los labios con la lengua.

Él sintió deseo al ver aquel gesto. Estaba deseando que llegase su noche de bodas.

—No lo sé —admitió.

No sabía de qué sería capaz Caivano, ni cuánto poder seguía teniendo, si lo tenía, pero prefería no tentar a la suerte. Desde que había escapado de él, siempre había sido cauto. Había contratado guardaespaldas y había utilizado coches blindados, como casi todos los hombres de negocios napolitanos.

–No quiero arriesgarme.

–Entonces, ¿debo quedarme en la casa todo el tiempo? –le preguntó Johara–. ¿Ni siquiera puedo salir al jardín?

–Solo estaremos aquí un par de días.

–Bueno –dijo Johara por fin, levantándose del banco–. De todos modos, es el jardín más aburrido que he visto en toda mi vida.

Y con aquel desprecio se dio la media vuelta y volvió a la casa, con las mejillas encendidas por el enfado y la cabeza bien alta.

Por mucho que lo intentase, por mucho que fingiese, Johara supo que no podía escapar a la verdad. Aquel lugar era una prisión. Su vida era una prisión, y su marido parecía dispuesto a recordárselo constantemente.

Lo peor era que ella había estado esperando a que volviese a casa. Había deseado volver a verlo. Había tenido la esperanza de poder volver a hablar con él, cenar con él.

Y, cuando por fin lo había visto, Azim se había mostrado enfadado y la había castigado sin motivos. No poder salir al jardín era ridículo.

Por otra parte, había una pregunta que Johara no se atrevía a hacer. ¿Qué había hecho Azim para granjearse semejante enemistad? Aquello volvió a recordarle que no conocía lo más mínimo al hombre con el que se había casado.

Cenó sola en el enorme comedor. Antonio le informó de que Azim tenía que trabajar. Antonio era mayor y parecía cansado, así que Johara le dijo que podía servirse sola.

–Eso no sería apropiado –protestó el mayordomo.

–Estaré bien, de verdad –respondió ella–. No tardaré en irme a la cama.

Sola en el comedor, con el ruido de los cubiertos retumbándole en los oídos, tomó un par de bocados más y perdió el interés y el apetito. Se había pasado casi toda la vida sola, pero nunca se había sentido tan sola como entonces.

Imaginó que la diferencia estaba en Azim. Sabía que estaba cerca, pero no quería estar con ella.

También le molestaba que no le permitiese salir al jardín, y dudaba que la situación fuese a mejorar cuando llegasen a Alazar.

Se levantó de la mesa, decidida a no dejarse llevar por la desesperación.

Recorrió de puntillas las espaciosas habitaciones de la casa, subió al piso de arriba y fue en dirección a la que pensaba que era la habitación de Azim. Se detuvo delante de la puerta y cerró el puño para llamar, pero no tuvo valor. Entonces oyó un gemido al otro lado. Se puso tensa. ¿Qué podía hacer? ¿Estaría Azim enfermo?

Sabía que Azim se enfadaría si invadía su privacidad, pero si no se atrevía a hacerlo en ese momento, ya nunca lo haría.

Respiró hondo y abrió la puerta.

La habitación estaba a oscuras, la única luz que había era el resplandor de la luna entrando por las ventanas. Sus ojos tardaron unos segundos a acostumbrarse a las penumbras, y entonces vio a Azim sentado en un sillón junto a la ventana, con la cabeza echada hacia atrás y los ojos cerrados.

—Antonio, te he pedido que no se me moleste —murmuró.

—Soy yo —respondió ella, cerrando la puerta—. Johara.

Azim abrió los ojos un instante y volvió a cerrarlos.

—¿Qué haces aquí?

—Estás sufriendo —le dijo Johara acercándose.

—Estoy bien —respondió Azim, todavía con los ojos cerrados, sudando.

Era evidente que no se encontraba bien.

—¿Te duele la cabeza? —le preguntó.

—No es nada.

—¿Por qué no me lo cuentas?

Él no respondió.

—Está bien, vuelvo en un minuto —le dijo Johara.

Dejó a Azim con los ojos cerrados y fue a su habitación a buscar unos aceites esenciales. Después volvió a la habitación de Azim, llamó suavemente a la puerta y entró.

—Esto debería ayudarte —le dijo en voz baja, dándole un pañuelo impregnado.

Azim lo tomó sin abrir los ojos, con la mandíbula todavía apretada por el dolor.

—¿Qué tengo que hacer? —preguntó.

—Póntelo en la frente, o donde sea más fuerte el dolor —le indicó ella, pero Azim no se movió—. Dame, lo haré yo.

Se arrodillo delante de él, tomó el pañuelo de su mano y se lo apretó contra las sienes.

–¿Te duele aquí? –le preguntó en voz baja.

Azim tardó un momento en responder.

–Sí, en las sienes –dijo por fin–. Siempre me duelen las sienes.

Johara le presionó la cabeza con el pañuelo, que desprendía el olor fuerte de los aceites aromáticos. Fue un momento sorprendentemente íntimo. Johara nunca había estado tan cerca de un hombre, salvo cuando Azim la había besado. Empezó a masajearle las sienes, realizando lentos círculos con los dedos. Azim gimió.

–¿Te hago daño?

–No –respondió él–. No, me alivia.

Y Johara se sintió bien al saber que lo estaba ayudando.

–Tienes dolores de cabeza con frecuencia –comentó en voz baja mientras seguía moviendo los dedos.

–Sí –admitió Azim muy a su pesar.

–La tensión los empeora. Tienes siempre mucha tensión en los músculos de la cara y en la mandíbula –continuó ella, bajando las manos por ambos lados del rostro.

Contuvo la respiración al llegar a la cicatriz y deseó que Azim no se apartase.

–Es probable –murmuró él, con la cabeza echada hacia atrás y los ojos cerrados.

–¿Desde cuándo tienes dolores de cabeza?

–Desde hace veinte años.

–¿Desde el secuestro?

Él asintió levemente.

–¿Son debidos a una lesión?

Azim tardó en contestar.

–Sí, me pegaron, si es eso lo que preguntas. O eso dicen, porque yo no lo recuerdo.

–Lo siento mucho.

–Los médicos me explicaron que había sufrido una contusión, que fue lo que me causó la amnesia. Los dolores de cabeza van y vienen.

–Pero son muy fuertes –comentó Johara, empezando a entenderlo mejor–. ¿Te dolía la cabeza la primera vez que nos vimos?

–Sí.

Volvió a subir los dedos hacia las sienes y siguió masajeándoselas. Podía oler su aftershave y era consciente de que tenía muy cerca su fuerte cuerpo. Deseó acercarse más, sentir los músculos de su pecho pegados a los de ella, y eso la sorprendió.

–¿Y por qué no me lo dijiste?

–No hablo del tema con nadie –admitió Azim–. El dolor implica debilidad, sobre todo, en un líder mundial.

–A mí me habría ayudado a entender.

Él esbozó una sonrisa cínica, continuó con los ojos cerrados.

–¿Te habrías sentido más predispuesta a casarte conmigo de haber sabido que me dolía la cabeza?

Johara suspiró.

–No lo sé –admitió–, pero ya te he dicho que quiero conocerte. Entenderte. Ahora soy tu esposa, Azim.

Él abrió los ojos bruscamente y los clavó en los

suyos y Johara sintió un escalofrío. Se había olvidado de lo cerca que estaban y de lo penetrante y
oscura que podía llegar a ser la mirada de Azim.

–Sí –dijo este en tono sensual–. Eres mi esposa.

Capítulo 7

AZIM la miró fijamente y vio cómo se le dilataban las pupilas y se le entrecortaba la respiración. Sus pechos rozaban el de él, llevaban haciéndolo quince minutos, mientras Johara le masajeaba la frente, sensación de la que Azim había estado disfrutando y que había despertado el deseo en él.

Aquella situación había sido la más erótica, y emotiva, de toda su vida.

Johara empezó a apartarse y Azim la agarró por la muñeca, con cuidado, pero con firmeza.

–¿Te duele menos? –susurró ella, humedeciéndose los labios con la lengua y haciendo que Azim se excitase más.

–Estoy mucho mejor –respondió él con sinceridad–. Gracias.

–Ha sido un placer –le dijo Johara, mirando la mano que la sujetaba–. Me estás agarrando.

–Es que no quiero dejarte marchar.

Ella esbozó una sonrisa.

–¿No?

Con la mano que tenía libre, Azim le apartó un mechón de pelo del rostro y se lo metió detrás de la oreja, después le acarició la mejilla como ella había acariciado la suya.

–No.

Y entonces la agarró por la cintura y la sentó en su regazo. Johara dio un grito ahogado y lo miró con los ojos muy abiertos. En otro rápido movimiento, Azim la colocó a horcajadas sobre él.

–Esto está mucho mejor.

–Yo... –empezó Johara–, pensé que íbamos a esperar a estar en Alazar para...

–¿La noche de bodas? Y vamos a esperar, pero eso no significa que no podamos ir conociéndonos un poco mejor.

Lentamente, para no asustarla, Azim echó las caderas hacia delante para apretar contra ella su erección. Johara dio un grito ahogado.

–¿Te gusta? –le preguntó él.

–Sí... –admitió Johara, apoyando las manos en sus hombros, ruborizada, con los ojos brillantes.

Azim volvió a apretarse contra ella y Johara se aferró a él con más fuerza.

–Me gusta mucho –añadió ella en un susurro–. Aunque ni siquiera sé por qué.

No habían hecho prácticamente nada, pero Azim tuvo la sensación de que iba a perder el control. Y, al parecer, Johara estaba igual que él. Se preguntó cómo de cerca estaría del abismo y deseó llevarla hasta él. Quería ver cómo se deshacía entre sus brazos.

Pero, por mucho que lo desease, también sabía que debía esperar. Esperar a la boda en su país. No obstante, metió la mano entre sus muslos y pasó los dedos suavemente por el centro. Johara se puso tensa.

–Ah...

–No quiero estropear nuestra noche de bodas –le dijo Azim con voz ronca–. Solo quiero que tengas una idea de cómo va a ser.

–Ah... –volvió a gemir ella cuando Azim la acarició de nuevo.

Y él supo que estaba preparada, pero que no podían continuar esa noche.

Retiró la mano a regañadientes a pesar de desear con todas sus fuerzas terminar lo que habían empezado y enterrarse en ella. Llevó ambas manos a su rostro y le dio un apasionado beso.

Johara se derritió contra él, pero Azim se apartó.

–Dejaremos el resto para la noche de bodas.

Ella asintió sin mirarlo, con el rostro enrojecido.

–Johara, lo que hemos hecho no es malo –le aseguró él–. Estamos casados.

–Lo sé, pero... mi sensación es diferente.

–¿Qué quieres decir?

–Supongo que soy muy ingenua.

–La ingenuidad no es algo negativo.

–Supongo que no, sobre todo, en una recién casada, que debe llegar virgen a la noche de bodas –respondió ella.

–¿Y eso te molesta? –le preguntó él por curiosidad.

–No lo sé. Supongo que no, pero no quiero limitarme a ser un adorno.

–¿Un adorno?

–Mi única función como esposa será servir de decoración a tu lado.

–Y darme un heredero –añadió Azim–. De eso te aseguro que vamos a disfrutar.

–Pero puede haber mucho más en un matrimonio. Debería haberlo –argumentó ella.

Y Azim se dio cuenta de que había permitido que Johara se le acercase demasiado. Le había dado esperanzas.

–Es tarde –dijo, ayudándola a levantarse de su regazo–. Deberías marcharte.

–Me estás echando –protestó ella, indicándole con su tono de voz que aquello le había dolido.

–Sí –admitió Azim, poniéndose en pie y dándole la espalda.

Johara clavó la mirada en la espalda de Azim y supo que fuese lo que fuese lo que habían compartido se había terminado. Se sintió como una idiota.

Recogió los frascos de aceite y los guardó en su caja antes de salir de allí como una criada a la que acabasen de reprender. Después de lo ocurrido se sentía todavía peor, se sentía humillada, muy triste.

De vuelta en su habitación se preparó para meterse en la cama. Su piel seguía muy sensible después de las caricias de Azim y se preguntó si su noche de bodas también sería así o si Azim volvería a comportarse como un extraño. Tal vez fuese lo mejor para que ella evitase desear cosas que jamás podría tener.

A la mañana siguiente, Azim se marchó a trabajar antes de que Johara se hubiese levantado. Durante el desayuno, esta jugó con los huevos del plato y dio pequeños sorbos a un café que, en realidad, no le apetecía. Hacía un día precioso, soleado y cálido, el cielo estaba completamente azul. Era un día perfecto para ir de excursión o salir al jardín, pero Azim le había prohibido ambas cosas.

–¿*Signora* Bahjat?

Johara levantó la vista, sorprendida, y vio al chófer de Azim en la puerta del comedor, con la gorra entre las manos.

–¿Sí?

–El *signor* Bahjat me ha pedido que la acompañe hoy. Si quiere conocer Nápoles.

–¿De verdad? –preguntó ella sorprendida–. Por supuesto que sí. Voy a buscar mis cosas.

Azim esperó junto a la puerta mientras la limusina llegaba a la entrada. Había estado muy tenso todo el día, preguntándose por Johara, esperando que estuviese bien. Había tomado la decisión de dejarla salir de manera impulsiva, al darse cuenta de que debía de sentirse encerrada en la casa y porque quería agradarla. No había podido borrar de su mente el recuerdo de la noche anterior, que le hacía sonreír y desear más.

A lo largo del día se había preguntado varias veces qué estaría haciendo Johara, si estaría disfrutando de la visita. Se la había imaginado paseando por la ciudad, estudiando las obras de arte con interés o tomándose un café. El día se le había hecho muy largo.

En esos momentos, su pie golpeó el suelo con

impaciencia mientras esperaba a que Johara saliese del coche. Salió y subió las escaleras corriendo, con los ojos brillantes, las mejillas encendidas, con varios mechones de pelo que se le habían escapado del moño enmarcando su rostro. Estaba más guapa que nunca y Azim se dio cuenta de que había dejado de respirar al verla. Sentía deseo y algo más, algo más que no podía permitirse sentir.

–¿Dónde has estado? –le preguntó en cuanto cruzó el umbral de la puerta.

La luz de su mirada se apagó y Azim se maldijo. No había pretendido hablarle de manera tan brusca, pero no sabía hacerlo de otra manera.

–Haciendo turismo, que es lo que tú me has ordenado.

–Sí, pero llegas tarde.

–¿Sí? Es que me lo he pasado fenomenal. Los frescos de la catedral son impresionantes –comentó, apoyando una mano en su brazo–. Gracias, Azim. Ha sido todo un detalle por tu parte.

Completamente desconcertado por la sensación que había creado su mano en el brazo y por su mirada, Azim se limitó a encogerse de hombros.

–No ha sido nada.

–No obstante, ha significado mucho para mí.

Azim la miró, se sentía desconcertado, abrumado. Le habría sido más fácil besarla para que se callase que responder de manera amable, así que se limitó a asentir y a añadir:

–Prepárate. Ya he terminado el trabajo que tenía que hacer y volaremos a Alazar esta misma noche.

Capítulo 8

JOHARA miró por la ventanilla del avión privado hacia las montañas y el desierto del interior de Alazar. Se había despertado una hora antes en el dormitorio principal del avión, tras haber pasado casi toda la noche en vela, preguntándose por su futuro. Azim se había mostrado distante y había dormido en el segundo dormitorio del avión. Johara le había preguntado si le volvía a doler la cabeza, pero este le había contestado que no.

Cada una de sus tensas palabras o de sus silencios eran para ella como un paso atrás en su relación. Después del día conociendo Nápoles, se había sentido esperanzada, había pensado que lo podría ablandar.

Se sentía como una tonta.

Miró hacia donde estaba Azim, en la zona de estar del lujoso dormitorio, con el ceño fruncido, leyendo unos documentos oficiales, y le preguntó:

—¿Qué ocurrirá cuando nos bajemos del avión?

Azim levantó la vista de los documentos, sin dejar de fruncir el ceño.

—Iremos a palacio.

—¿Habrá algún tipo de ceremonia o presentación?

–¿Quieres una?

–No, pero quiero saber qué es lo que va a ocurrir.

Azim se puso cómodo.

–Habrá periodistas esperándonos en el aeropuerto, eso es seguro, pero he dado orden de que sea una llegada tranquila. La ceremonia oficial tendrá lugar dentro de dos días.

–¿Y cómo será?

–Uno de mis asistentes te lo explicará –respondió él antes de volver a sus documentos.

–¿Por qué no me lo explicas tú? –inquirió ella, dolida.

Azim suspiró y volvió a levantar la mirada.

–Cuando llegues a palacio te llevarán al harén, allí estarás recluida hasta el momento de la ceremonia.

Johara hizo una mueca.

–Eso suena tan arcaico como todo lo demás.

–Alazar es un país muy tradicional. Ya lo sabías.

–¿Por qué al harén? –insistió ella–. ¿Por qué no puedo vivir en otra parte del palacio?

–Lo normal en Alazar es que estés en el harén –le respondió Azim.

–Pensé que querías modernizar el país –replicó Johara–, occidentalizarlo, al menos, en ciertos aspectos. Eso fue lo que dijo Malik.

Él la fulminó con la mirada al oír el nombre de su hermano.

–No en ese aspecto –sentenció.

Ella se quedó en silencio, no quería discutir.

Entonces Azim suspiró y se agarró con los dedos el puente de la nariz.

–Me gusta que hayas crecido en una cultura diferente a la de Alazar, pero tu padre debía de haberte hecho pasar más tiempo en Alazar, para que te acostumbrases a sus tradiciones.

–No entiendo que todo tenga que ser tan tradicional cuando se supone que quieres modernizar el país –volvió a argumentar Johara.

Azim le respondió con sinceridad.

–El interior del país está controlado por tribus del desierto que son muy tradicionales, y que estarán pendientes de cómo trato a mi esposa.

–¿Y cómo esperan que me trates?

–Esperarán que aparezcas en público vestida de manera modesta, varios pasos detrás de mí, y que residas en la zona destinada a las mujeres cuando estés en casa.

Aquello sonaba fatal.

–Entonces, ¿cómo se supone que vas a modernizar el país? –inquirió.

–Poco a poco, al menos, hasta que haya apaciguado a las tribus. La alternativa es una guerra civil, si las tribus vuelven a sublevarse.

Hizo una pausa

–Mi hermano ha trabajado incansablemente durante diez años para mantener la estabilidad del país. Y la ha conseguido, pero mi llegada ha creado tensión e incertidumbre, así que debo hacer todo lo que pueda para devolver la estabilidad e incluso aumentarla.

–Yo pensaba que tu llegada habría traído más estabilidad, dado que eres el primogénito y el verdadero heredero.

–Tal vez con el tiempo. He estado mucho tiempo fuera. Y he pasado los veinte últimos años en un país occidental. Algunas tribus dudan de mi lealtad a las costumbres de Alazar, por eso es todavía más importante que respete las tradiciones en mi vida personal.

Muy a su pesar, Johara tuvo que admitir que aquello tenía sentido.

–Supongo que tienes razón –comentó–, pero podías haberme dicho todo esto antes.

Azim asintió.

–Tal vez.

–Espera, ¿admites que te equivocaste? –se atrevió a bromear Johara.

–No, solo la posibilidad de que me haya podido equivocar.

Ella se echó a reír a pesar de no saber si Azim hablaba en serio o en broma.

–Veo que tienes sentido del humor –añadió al verlo esbozar una sonrisa–. Tenía la esperanza, pero estaba empezando a albergar dudas.

Él se frotó la barbilla.

–No he tenido muchos motivos para reír.

–¿A qué te referías cuando me dijiste que, con catorce años, lo que habías hecho era sobrevivir?

–Pues eso –respondió él, volviendo a clavar la vista en sus papeles.

–¿Dónde viviste? –insistió Johara–. ¿Con quién estuviste? Solo tenías catorce años cuando te secuestraron, ¿no? ¿Quién cuido de ti?

–Nadie.

–¿Qué quieres decir? ¿Alguien debió...?

–En ese caso, alguien que no hizo muy buen trabajo –añadió Azim, suspirando–. Fue una experiencia... desagradable, de la que no me gusta hablar. No
tardaremos en aterrizar y necesito que te cambies.

–¿Que me cambie?

–Ponte un hiyab y un vestido adecuado para tu
posición –le explicó Azim, señalando hacia la parte
trasera del avión–. Lo encontrarás todo en la habitación.

Ella se levantó en silencio de su asiento y fue al
dormitorio. Encima de la cama había un hiyab color crema de encaje, y un vestido a juego que, sin
duda, la cubriría desde el cuello hasta los tobillos y
que era muy bonito. Johara tocó el encaje, pensa-
tiva.

Si Azim no le hubiese confesado su preocupación acerca de la estabilidad de Alazar, se habría
resistido a ponerse aquel conjunto. Por una parte,
Johara lo entendía y, por otra, estaba cansada de
luchar contra su destino. Se preguntó si, en vez de intentar oponerse a Azim, podía ser su compañera.
Tal vez pudiese ganarse su confianza al darle la suya
propia. Podrían ser amigos, llevarse bien y vivir a
gusto sin hacerse daño.

Se puso el vestido y se colocó el hiyab. Se miró
en el espejo y se sorprendió al verse. El hiyab le
enmarcaba el rostro haciendo que sus ojos parecie-
sen más grandes, sus labios más llenos. Respiró
hondo y fue a que la viese Azim.

Sus ojos mostraron aprobación.

–Estás preciosa –le dijo, mientras Johara se sentaba enfrente de él.

–No estoy acostumbrada a llevar ropa tan pesada.

–Lo sé –respondió Azim–. Gracias por ponértela.

En una sola mañana, Azim se había disculpado y le había dado las gracias. Johara estuvo a punto de sonreír. Tal vez su relación estuviese avanzando de verdad.

Se pusiese lo que se pusiese Johara, estaba bella y atractiva, pero a Azim le gustó todavía más con el hiyab y el vestido de encaje, que era la indumentaria apropiada para una novia de la realeza. Su esposa. Se sintió orgulloso de que fuese suya, quería enseñársela a todo el país.

Pero al pensar en Alazar se le hizo un nudo en el estómago y empezó a dolerle la cabeza. Cerró los ojos. Iban a aterrizar en tan solo unos minutos y no podía mostrar ningún signo de debilidad al que sus enemigos y objetores pudiesen aferrarse. Necesitaba ser fuerte en esos momentos más que nunca.

Notó que Johara se sentaba a su lado, que se acercaba y le apoyaba algo húmedo en la mano. Abrió los ojos.

–Esto te ayuda, ¿no?

El primer impulso de Azim fue tirar el pañuelo y decir que no le dolía nada. Era lo que había hecho siempre desde que era adulto porque admitir que sufría era admitir que era débil, y aquello era algo que no podía soportar.

Pero tenía a Johara tan cerca que podía aspirar

su olor a vainilla y a almendras, podía sentir el calor de sus ojos, así que no tiró el pañuelo. Además, ella ya lo había visto así antes. Lo había visto sufriendo y no había pensado que fuese débil. Y aquella idea le hizo abrirse a todo un mundo de nuevas e inquietantes posibilidades

Se llevó el pañuelo a la frente y aspiró el olor a hierbabuena.

–Gracias –murmuró.

Aterrizaron podo después y el aceite aromático lo había ayudado a aliviar el dolor. Cuando la puerta del avión se abrió y bajaron las escaleras se arremolinaron alrededor de ellas varios periodistas, armados con cámaras y libretas. Johara miró por la ventanilla y palideció.

–Es la primera vez que me enfrento a la prensa.

–¿De verdad? Yo he visto tu rostro muchas veces en las noticias.

–¿Qué?

Azim sacudió la cabeza.

–Es evidente que te han tenido muy protegida. Por supuesto que has salido en las noticias. Siempre se te ha considerado la futura sultana. Te ibas a casar con mi hermano. Así que es normal que hayas salido en la prensa.

–Pues no lo sabía.

Azim se preguntó por qué su padre la había tenido tan alejada de Alazar. Malik había mencionado en una ocasión algo acerca de la enfermedad de su madre, pero él no le había hecho ninguna pregunta al respecto. Se había convencido a sí mismo de que no le interesaba conocerla, de que no necesitaba conocerla, pero en esos momentos quería hacerlo y no por obligación, sino porque sentía verdadero interés.

No obstante, aquel no era el momento.

—No hace falta que digas nada —le aconsejó—. De hecho, no deberías hacerlo. Saluda con la mano, mantén la cabeza agachada y sígueme hasta el coche.

En cuanto bajaron del avión, les llovieron las preguntas. ¿Cuándo sería la boda? ¿Era cierto que se habían casado ya, pero que habría otra ceremonia en Alazar?

Azim mantuvo un gesto educado e inexpresivo mientras se dirigía al coche, le abrió la puerta a Johara y esperó a que estuviese sentada para entrar también y cerrar la puerta.

—¿Siempre será así?

—Formas parte de la familia real, Johara.

Esta torció el gesto.

—No me siento preparada. Sé que lo llevo en la sangre, la familia de mi madre desciende de los mismos príncipes y reyes que la tuya, pero nunca he vivido tan expuesta a la opinión pública.

—No siempre estarás expuesta, solo en ciertas ocasiones.

—Ah, por supuesto, el resto del tiempo estaré encerrada en el harén —replicó ella, mirando por la ventanilla.

Azim se arrepintió de haberle dado aquella impresión.

—Las puertas no están cerradas con llave, que yo sepa.

Ella esbozó una sonrisa tensa.

–Gracias por tranquilizarme.

Él se sintió molesto, pero al mismo tiempo la comprendió. Cuanto antes aceptase las obligaciones de su nueva vida, mejor para los dos.

–De nada –le respondió, girándose él también hacia su ventana.

Capítulo 9

CUANDO quiso darse cuenta, estaban delante del palacio. El coche acababa de detenerse cuando abrieron la puerta y Johara pasó por delante de una fila de sirvientes que la fueron dirigiendo hacia una zona muy lujosa. El harén.

El lugar no era tan horrible como ella había imaginado. Su dormitorio era espléndido, tenía sala de estar y comedor, una piscina y gimnasio privados. Encima de la mesa había fruta, dulces y una tetera con té a la menta. Una joven que no debía de tener más de catorce años se inclinó ante ella y le preguntó si deseaba algo más.

–No, estoy bien –respondió Johara, sonriendo para tranquilizar a la chica–. ¿Cómo te llamas?

–Aisha, *Sadiyyah*.

–Me alegro de conocerte –dijo ella, fijándose en que tenía las manos agrietadas–. Tienes muy mal las manos.

Aisha se miró los dedos y se ruborizó.

–No es nada. Siempre están así.

–¿Me permites? –le preguntó ella, acercándose a examinarle las manos.

–Por supuesto, *Sadiyyah*.

Parecía un eczema y podía tratarse con un bálsamo de aceite de coco y jojoba. Johara iba a ofrecérselo cuando se dio cuenta de que no podía hacerlo. Allí no tenía el jardín ni la destilería con todo el equipo para hacer aceites esenciales y otros ungüentos naturales. Sonrió a Aisha.

—Intentaré conseguirte alguna pomada.

La chica sonrió de oreja a oreja.

—Gracias, *Sadiyyah*.

Mientras se preparaba para irse a la cama aquella noche, Johara se dijo que la cosa no había ido tan mal, tenía que ser optimista. Había cenado sola, servida por Aisha que, tras dudarlo un poco, le había hablado de sí misma, de la vida en palacio, y le había dicho que podía pedir todo lo que quisiera y se le haría llegar casi inmediatamente.

Un helado, su libro o película favoritos, un vestido nuevo. Cualquier cosa. Aquello le hizo pensar en los regalos vacíos de su padre. Lo que Johara quería en realidad era la libertad de escoger su propio destino; el cariño o, al menos, la compañía del hombre con el que se había casado; deseos inalcanzables.

Estuvo dos largos días sin ver a Azim. Días que pasó ocupada con los preparativos de la boda y que, no obstante, se le hicieron interminables. Quería ver a Azim, necesitaba asegurarse de que aquel hombre al que había empezado a conocer, taciturno, pero bueno, seguía estando allí.

Cuando le había preguntado por él a Aisha la chica se había mostrado escandalizada.

—¡No puede verla antes de la boda! —había exclamado antes de escabullirse.

Johara había tenido que combatir su exasperación e incluso las lágrimas, y al final había decidido echarse a reír. ¿No podía verla, pero ya la había besado apasionadamente? Recordó sus manos en ella y se ruborizó. Nunca había tenido una sensación tan íntima ni tan intensa antes. Se emocionó y tembló al pensar en volver a vivir aquello... y más.

Incluso desde detrás de las puertas, Johara sintió el ajetreo que había en todo el palacio según se iba acercando la boda. Los sirvientes iban y venían, charlando animadamente; le llevaron telas, joyas y perfumes, le probaron collares y pendientes y, a pesar de las dudas, se dejó llevar por el ambiente festivo.

Permitió que le probasen el vestido de novia, decorado con perlas y ribeteado de encaje, recatado, pero precioso.

—Su Alteza ha escogido esta tela especialmente para usted —le contó la costurera.

—¿De verdad? —preguntó Johara, sorprendida.

—Sí, el día que se anunció el compromiso, el primer día que vino a Alazar.

El día que había huido, pensó ella, arrepentida.

—No se mueva —la reprendió la costurera.

Y ella pensó que estaba deseando que llegase el día de la boda, sobre todo, para salir de aquel limbo y poder ver a Azim otra vez.

Era el día de su boda. Azim estudió su reflejo en el espejo y se estiró el cuello de la *jubba* bordada que llevaba puesta, a juego con los pantalones, el traje tradicional de boda para el sultán. Azim pensó que era pesado y rígido y recordó el comentario que Johara le había hecho en el avión.

Se preguntó cómo estaría en esos momentos, con tantos detalles a los que no estaba acostumbrada. ¿Qué le habría parecido el harén? ¿Tendría ganas de que llegase el momento de la boda, después de haber tenido un anticipo de los placeres que les esperaban a ambos?

Para él los dos últimos días sin verla habían sido interminables a pesar de que había estado muy ocupado poniéndose al día con Malik. Su abuelo estaba muy enfermo y lo único que hacía en esos momentos era dar voces desde la cama, cosa que Azim agradecía. Intentaba evitarlo lo máximo posible. Casi todos los recuerdos que tenía de él eran amargos.

A pesar de que sabía que la separación de la novia era una parte importante de la tradición en Alazar, le habría gustado poder ver a Johara antes de la ceremonia. El porqué, no tenía ni idea.

−¿Alteza?

Apareció un asistente en la puerta de su dormitorio.

−Ha llegado la hora.

Azim asintió y le dio la espalda al espejo. Era la hora.

Avanzó por el gran salón de palacio, que estaba lleno de dignatarios y diplomáticos, con gesto grave y miró hacia la puerta por la que debía aparecer Johara. Se preguntó si estaría nerviosa, emocionada, o si todavía tendría dudas. Iba a tener que presentarse ante el pueblo de Alazar y aceptarlo como esposo por su propia libertad. Y por fin estarían unidos.

Johara respiró hondo e intentó calmar sus nervios. Había demasiadas personas. Después de dos días prácticamente aislada en el harén, no estaba preparada para tanto ruido ni para una boda de aquellas dimensiones. Ni tampoco para ver a Azim en la otra punta del salón. Parecía más distante que nunca, como si su expresión hubiese sido tallada en piedra.

El cuerpo de Johara se resistía a avanzar a pesar de que sabía que debía hacerlo, no tenía elección. Ya estaban casados. No obstante, dudó porque sabía que después de aquello ya no habría marcha atrás.

Y entonces Azim la vio y, por una milésima de segundo, sus labios se curvaron hacia arriba. Sonrió. Su marido le estaba sonriendo, le estaba transmitiendo la tranquilidad que Johara necesitaba. Aliviada, se aferró a aquella sonrisa, se la guardó en el corazón, y empezó a avanzar por el pasillo.

Con cada paso sintió el peso del vestido y de las miradas de varios cientos de personas. Intentó mantener la cabeza erguida y la mirada fija en Azim. Deseó que este volviese a sonreírle, pero no lo hizo y ella estuvo a punto de tropezar. Y entonces, en el último paso, Azim alargó la mano y la acercó a él. El roce de su piel le dio a Johara las fuerzas necesarias para mantenerse en pie mientras comenzaba la ceremonia, que casi no escuchó. Hasta que le hicieron la pregunta en voz algo más alta:

–¿Venís a contraer matrimonio sin ser coaccionados, libre y voluntariamente?

Aquella parte era la *nikkab*, el momento de la ceremonia en la que ambos declaraban que se comprometían de manera voluntaria con aquel matrimonio. Johara miró a Azim, que tenía la mirada clavada al frente, la mandíbula apretada, la mirada indescifrable. Johara ya conocía aquella mirada, sabía que Azim estaba preparado por si ella lo rechazaba. Y, no obstante, ¿cómo iba a rechazarlo?

Por un instante, consideró lo que ocurriría si lo rechazaba. Sería un escándalo y una humillación para Azim, y eso provocaría inestabilidad en Alazar.

Podía rechazarlo. En esos momentos era ella la que decidía. Era la dueña de su propio destino. Y sabía lo que quería. La sonrisa de Azim le había dado esperanza, la había hecho creer que aquello podía funcionar.

Azim le apretó la mano, de manera cariñosa y firme al mismo tiempo, y Johara se dio cuenta de que estaba tardando demasiado tiempo en responder a pesar de que sabía cuál era la respuesta.

–Sí –dijo–, vengo libremente.

Capítulo 10

ERA SU noche de bodas. Johara oyó murmurar y reír a los sirvientes mientras lo preparaban todo. Ya la habían bañado como a un bebé, la habían embadurnado de aceites aromáticos, le habían pintado las manos y los pies con henna, la habían peinado y la habían maquillado. Y le habían dado un camisón casi transparente, que ella había mirado con fascinación, consternada.

–¡Pero si casi no tiene tela!

Basima, la madre de Aisha, se había echado a reír.

–Ese es el motivo por el que le encantará a su esposo –había comentado mientras la ayudaba a ponérselo.

Por suerte lo acompañaba una bata de satén, pero Johara seguía sintiéndose terriblemente desnuda. Consciente de que, en realidad, solo había compartido con Azim un beso y una caricia. Ambos muy intensos, pero no lo suficiente para prepararla para aquello. Casi no habían hablado durante la ceremonia y la celebración. Cada uno había estado sentado en su trono, bebiendo *sharbat* mientras los importantes invitados brindaban por su matrimonio, su salud y su fertilidad. Azim prácticamente no había articulado palabra, y Johara se había dedicado a mirarlo de vez en cuando de reojo, esperando de él un gesto que le asegurase que había hecho lo correcto, que podrían tener un matrimonio de verdad. Una amistad.

–Ha llegado el momento –anunció Basima, dando varias palmadas y apartándose.

La madre de Johara se acercó entonces, con la sonrisa fija en el rostro, la mirada vacía, como siempre. Hacía mucho tiempo que Naima no mostraba ninguna emoción ni interés, y se enfrentó a aquel momento como a cualquier otro, como si en realidad no estuviese allí.

Johara no la había visto desde que había llegado a Alazar, salvo a lo lejos, durante la ceremonia y la celebración. Ya no esperaba nada de Naima, ni una palabra ni un gesto cariñosos, estaba acostumbrada a su ausencia emocional, pero en esos momentos le dolió que fuese así.

–Que Dios bendiga vuestra unión –dijo Naima, dándole un beso en la frente.

Johara la miró y deseó que Naima le sonriese y la ayudase a tranquilizarse.

–Gracias, mamá –susurró, y Naima retrocedió, se marchó.

Volaría a Francia a la mañana siguiente y Johara no sabía cuándo volvería a verla. Se quedaría sola con Azim.

Respiró hondo y, acompañada por varias sirvientas, se dirigió al dormitorio de su marido.

Azim oyó voces femeninas acercándose por el pasillo y se puso tenso. Llevaba esperando aquello desde que había besado a Johara, se había pasado varias noches en vela imaginándoselo, pero en esos momentos se sentía inseguro y nervioso como un niño.

Esa noche se trataba de acercarse a ella todo lo que podía acercarse, pero se sentía más solo que nunca, era más consciente que nunca de sus años de aislamiento, de las cicatrices de la espalda, que no permitiría que Johara viera, y de las heridas de su corazón.

Por el momento Johara había visto atisbos y no se había asustado. Ni había pensado de él que fuese débil. No, Johara le había hecho más preguntas, había deseado acercarse más a él. Aquello lo había sorprendido y alarmado, y también le había gustado, porque una parte de él quería que lo conocieren. Aunque aquello fuese una estupidez.

Las mujeres llamaron a la puerta y Azim les dio instrucciones de entrar. Lo hicieron riendo, con las miradas pegadas al suelo, empujando a Johara hacia delante. Esta tropezó con la bata y después se puso recta, levantó la vista, ruborizada, y volvió a apartarla antes de que a Azim le diese tiempo a ofrecerle una sonrisa, aunque en realidad no sabía si habría sido capaz.

Las mujeres retrocedieron, despidiéndose con las manos, animando a Johara, hasta que por fin una de las mayores obligó a salir a las demás y los dejaron solos.

Johara seguía con la mirada clavada en los pies, envuelta en aquella bata de satén, con el pelo recogido en un intricado peinado.

Azim se aclaró la garganta.

—Estás preciosa.

—Gracias —respondió ella en un ronco susurro.

Azim se dio cuenta de que estaba temblando. Si él estaba nervioso, no quería ni imaginarse cómo estaría Johara.

—Vamos a tomar una copa —dijo.

Había pedido una botella de champán, la descorchó y sirvió dos copas. Ambos necesitaban relajarse.

Johara levantó la vista y mostró su sorpresa.

—Nunca he probado el champán.

—Pues esta es la oportunidad perfecta.

Ella asintió, aceptó una copa y probó su contenido.

—Tiene burbujas.

Él sonrió, divertido por su sincera respuesta.

—Sí.

Johara lo miró con expresión cándida y comentó:

—Esta situación es tan rara.

—Sí.

—Mira —añadió, enseñándole los dibujos de henna de sus manos—. Han tardado horas en hacérmelos.

—Son muy bonitos.

—A mí todo esto me parece ridículo, tanto ritual.

—Las tradiciones existen por algún motivo.

—Sí —admitió ella, dando otro sorbo al champán—. Supongo que sí. Imagino que algunas personas se sienten felices con ellas, pensando que todo está bien hecho porque lleva siglos haciéndose así. ¿Piensas que las tribus de beduinos se sentirán satisfechas?

–Eso espero –respondió Azim, que no quería pensar en Alazar en esos momentos.

Johara se paseó por la habitación. Azim vio la silueta de sus pechos bajo el satén y su cuerpo respondió.

–¿Es este tu dormitorio? –le preguntó ella.

–Sí.

–No hay nada que hable de ti en esta habitación –añadió.

–¿Por qué iba a hacerlo?

Ella se giró a mirarlo y se encogió de hombros.

–Porque es tu habitación.

–Solo llevo unas semanas en palacio.

–Sí, pero al menos podría haber un libro o una fotografía, ¿no? Algo. Casi todo el mundo tiene algo privado en su habitación.

Azim se encogió de hombros, incómodo. Él no era como casi todo el mundo.

–En Nápoles tampoco vi ningún objeto personal.

–Es cierto, no tengo muchos objetos personales.

–No estoy segura de si te estás escondiendo o si, sencillamente, no tienes nada que ocultar –comentó Johara.

–No tengo fotografías –admitió él–, porque no ha habido nadie en mi vida a quien merezca la pena recordar.

–¿Nadie? –repitió ella, sorprendida–. ¿Y tus padres?

–Mi padre era un hombre débil, que se vino abajo cuando mi madre murió.

–Ella murió cuando eras solo un niño –recordó Johara.

–Tenía seis años, pero casi no la veía, ni a mi padre tampoco.

–Te crio tu abuelo.

–Sí.

–Parece un hombre duro.

–Sí –volvió a responder él, con la mandíbula tensa.

–¿Y tu hermano? –volvió a preguntar Johara–. ¿Has tenido alguna vez una relación cercana con él?

Por un instante, Azim recordó a Malik de niño. Habían jugado y reído juntos.

–La tuve.

–¿Y piensas que puedes volver a tenerla?

–Tal vez –contestó.

No quería admitir que no estaba seguro de que aquello fuese posible.

–Así que no tienes fotografías. ¿Y libros?

–No leo.

–¿Que no...? –empezó Johara, arqueando las cejas con incredulidad.

–Me refiero a que no leo por placer, solo por trabajo.

–Por los dolores de cabeza, ¿verdad?

–Sí –admitió Azim sin saber por qué. Tal vez porque quería que lo conociese mejor.

–¿Has consultado a algún médico al respecto?

–Dicen que no se puede hacer nada. Así que he aprendido a vivir con el dolor. En ocasiones tengo la sensación de que es parte de mí que, si desapareciese, ya no sería yo.

No podía creer que le estuviese contando aquello a Johara.

–La experiencia nos define, nos convierte en quienes somos –afirmó ella en voz baja–, pero su fin no puede ser el tuyo.

–Tal vez.

–No te veo convencido.

–Quizás tengas que convencerme –respondió él, que deseaba tocarla con todas sus ganas–. Ven aquí.

La agarró de la mano, que estaba muy suave, y la atrajo lentamente hacia él. Johara se detuvo justo delante, con el pecho subiendo y bajando por la respiración. Lo miró a los ojos con la mirada limpia, como si confiase en él, confianza que Azim no estaba seguro de merecer.

Él levanto la mano sin soltar la de ella y le dio un beso en la muñeca. Notó que Johara se estremecía.

–Estaba deseando volver a tocarte.

–Y yo que me tocaras –admitió ella en un hilo de voz.

–¿No tienes miedo?

–No, miedo, no, pero tal vez esté nerviosa.

–No estés nerviosa –le dijo Azim, mirándola a los ojos–. No voy a hacerte daño.

–Pero duele, ¿no?

–Un poco, o eso dicen –respondió Azim, esbozando una sonrisa–. No puedo hablar por experiencia propia.

–¿Cuándo perdiste la virginidad?

Azim se echó a reír.

–Hace mucho tiempo.

–No debía habértelo preguntado. Lo siento.

–No, no. Es que no fue un acontecimiento memorable. Fue un único encuentro.

–¿La recuerdas?

–A duras penas –respondió él, que solo recordaba una sonrisa pícara, un gesto seductor.

Johara asintió y él se sintió extrañamente avergonzado de su confesión.

–Más champán –dijo, volviendo a llenar las copas.

Ella se echó a reír y dio otro sorbo.

–Me vas a emborrachar.

–Dos copas de champán no son suficientes –respondió Azim, que no quería emborracharla, solo que se relajase.

–Nunca había bebido tanto alcohol –le confesó Johara–. Tal vez una copa de vino alguna vez, cuando venía de visita mi padre.

Aquello hizo que Azim recordarse que había una pregunta que deseaba hacerle.

–Tu madre está enferma –comentó.

–¿Enferma? Sí –respondió ella, con la mirada nublada–. Se podría decir así.

–¿Qué tiene?

A ella se le cerró la garganta un instante.

–Una depresión.

–Ah –dijo él, comprendiendo lo poco que había visto de Naima durante la ceremonia y la celebración–. ¿Por eso os mandó tu padre a Francia?

–Ella prefiere vivir allí –respondió Johara enseguida, poniéndose a la defensiva. Luego suspiró–. Sí, supongo que sí. En realidad, mi padre nunca ha dicho eso, pero... supongo que es evidente. Mi padre se avergüenza de ella, así que nunca se habla de ese tema.

–Y por ese motivo habéis venido muy poco a Alazar.

–Solo cuando era necesario –dijo Johara, sonriendo con tristeza–. Yo tardé mucho tiempo en darme cuenta de por qué nos tenía en Francia. Confiaba en él...

–¿Y ya no?

–No.

A Azim no le sorprendió, pero tenía curiosidad de saber por qué había llegado Johara a aquella conclusión.

–¿Por qué?

–Porque... insistió en que me casase contigo.

–Tú le pediste que reconsiderase nuestro matrimonio –ofreció Azim, sin saber por qué se sentía dolido o sorprendido.

–Sí, pero solo porque... porque no te conocía.

–Entiendo.

–No, no lo entiendes –lo contradijo ella–. Lo que siento ahora es diferente.

Él pensó que era normal que confundiese el deseo con un sentimiento más profundo, algo parecido a amor. A él también había estado a punto de ocurrirle aquella noche, pero estaba decidido a mantener aquella relación como debía ser, nada más.

–En cualquier caso, ya está hecho –sentenció, tomando la copa de la mano de Johara y dejándola, con la suya, sobre una mesa cercana.

–¿Estás enfadado? –le preguntó ella.

–No, ¿por qué iba a estarlo? Era evidente que no querías casarte conmigo, Johara –le respondió, obligándose a sonreír–. Ahora, creo que ha llegado el momento de dejar de hablar.

Capítulo 11

LA EXPRESIÓN de Azim era obstinada, su sonrisa, de acero. La cálida sensación que había invadido a Johara, de relajación y tranquilidad, de comprender y sentirse comprendida, se había evaporado y se había convertido en algo que la alarmaba y la entusiasmaba al mismo tiempo.

–¿Ya...?

–Es nuestra noche de bodas, Johara –le respondió él con la mirada brillante–. Tiene que ocurrir.

–Lo sé.

No obstante, Johara no se movió de donde estaba. No podía hacerlo. Estaba paralizada por los nervios y la emoción. Recordaba el beso de Azim y el placer que le había hecho sentir.

Y cuando la había tocado de manera tan... íntima. Johara se ruborizó solo de recordarlo.

–Johara –le dijo él con voz ronca y suave al mismo tiempo–. Te prometí que no te haría daño.

Le tendió la mano y ella miró fijamente sus dedos largos, delgados y fuertes, sabiendo que, por mucho que se resistiese, había llegado el momento.

Solo habían empezado a hablar. Solo había empezado a conocerlo, había empezado a gustarle lo que sabía de él. Y entonces lo había estropeado todo al admitir que no había querido casarse. Azim ya lo había sabido, pero aun así se había puesto de mal humor al oírlo.

Johara pensó que no estaba preparada para aquello. Entregarse a él era como saltar al vacío, hacia lo desconocido, sin saber si saltaba desde muy arriba ni si la caída sería muy fuerte. No obstante, Azim era su marido. Y ella sabía cuál era su obligación. Aquel era su derecho, el de ambos. Aquello tenía que ocurrir.

Alargó la mano lentamente y tomó la de él y Azim la llevó hasta la cama sin apartar la mirada de la suya. Johara tenía el corazón acelerado y la respiración entrecortada a pesar de que Azim casi ni la había tocado todavía. Aquello no había hecho más que empezar.

Sus pies se enterraron en la alfombra gruesa y suave mientras lo miraba y esperaba a que la tocase, a que le dijese lo que tenía que hacer, porque no tenía ni idea.

Azim le acarició suavemente el cuello con un dedo.

—Estás asustada.

—Un poco —admitió ella en un susurro.

—¿Puedo? —le preguntó, agarrando la punta del cinturón de su bata.

Johara contuvo la respiración y asintió.

Azim tiró del cinturón y la bata se abrió, dejando al descubierto la tela casi transparente del camisón, que dejaba al descubierto todas sus curvas.

Azim había reducido la intensidad de la luz y

había cerrado las cortinas, pero Johara siguió sintiéndose expuesta bajo su intensa mirada.

Él la recorrió con la mirada y apretó la mandíbula, y ella se sintió como si la estuviera acariciando con las manos. Por fin, clavó la vista en su rostro y le preguntó:

—¿Podrías soltarte el pelo?

Johara levantó las manos y se quitó una horquilla y después se detuvo.

—Es privilegio del marido soltar el cabello de su esposa.

—Cierto –respondió Azim sin moverse.

—¿Quieres...? –le preguntó ella.

—Sí –respondió Azim con toda sinceridad, acercándose.

Johara se quedó inmóvil mientras él llevaba las manos a su pelo y cerró los ojos al sentir su aliento en el rostro. Se estremeció con cada roce de sus dedos para ir quitándole las horquillas una a una, hasta que todo el pelo cayó como un torrente de rizos por la espalda, hasta bastante más abajo de la cintura.

Azim tomó la melena con las dos manos y enterró la nariz en ella para aspirar el olor a vainilla del champú.

—Es tan largo.

—No me lo he cortado nunca.

Él la miró con sorpresa.

—¿Nunca?

Johara negó con la cabeza.

—Mi madre pensaba que me crecería todavía más. Cuando ella se casó, el pelo le llegaba a los tobillos, pero a mí me dejó de crecer.

–Para mí es más que suficiente –comentó Azim–. Es precioso.

Lo dijo de manera forzada, como si no estuviese acostumbrado a hacer cumplidos. Johara, en cualquier caso, no estaba acostumbrada a recibirlos.

Le gustaba su rostro, pero no se consideraba bella al menos, no pensaba poseer una belleza tradicional. Era demasiado alta, tenía la nariz demasiado larga, los labios demasiado gruesos, la mandíbula, demasiado firme.

–Gracias –susurró.

El corazón la latía con tanta fuerza que pensó que Azim podría notarlo a través del fino camisón.

Azim enrolló un grueso mechón de pelo alrededor de su muñeca y tiró de él para que Johara se acercase más. Sus caderas chocaron y Johara contuvo la respiración al notar su erección contra el vientre.

Él le soltó el pelo y se lo apartó de la nuca. Luego inclinó la cabeza y le dio un beso, haciéndola dar un grito ahogado. Le mordisqueó la piel del cuello y Johara sintió que se le doblaban las rodillas, así que se aferró a su hombro para no caerse.

Azim se echó a reír con satisfacción.

–Me gusta cómo reaccionas.

–No sé lo que estoy haciendo –le confesó ella–. Ni lo que estoy sintiendo.

Era como si se estuviese derritiendo por dentro.

Azim volvió a besarla, después le mordisqueó el lóbulo de la oreja, y ella le clavó los dedos en el hombro.

–No te hace falta saberlo –le dijo Azim, acercándose a sus labios–. Limítate a sentir. Siente.

Y entonces la besó en la boca.

Johara se agarró a su camisa y sintió que se perdía en aquel beso mientras todos sus sentidos estallaban. Aquello era demasiado. Tenía la sensación de que la estaba poseyendo, de que la estaba haciendo suya a través de aquel beso.

Azim rompió el beso y la miró con pasión, le bajó los tirantes del camisón y ella se estremeció mientras la tela caía a sus pies.

Estaba desnuda ante él. Se ruborizó y bajó la vista, avergonzada, sintiéndose más vulnerable que en toda su vida.

Azim tomó uno de los pechos con una mano, acarició la punta con el dedo pulgar.

–Eres preciosa.

Johara dejó escapar el aire que había estado conteniendo. Azim tenía la mano caliente y la acariciaba con seguridad y ella estaba temblando de la cabeza a los pies, quería retroceder, quería que la tocase todavía más.

–Me alegra que lo pienses –murmuró.

Azim tomó ambos pechos con las manos y Johara cerró los ojos, sorprendida por la sensación que sus caricias le provocaban. Sentía que se derretía entera y que se ponía tensa al mismo tiempo. Él la agarró por la cintura y la apretó más contra su cuerpo, contra su erección.

Johara volvió a estremecerse y sus caderas se movieron solas, apretándose contra él, deseando tenerlo entre las piernas. Estaba aprendiendo los pasos de un baile que no había bailado jamás, pero que su cuerpo parecía conocer por instinto propio.

Azim gimió y la agarró por las caderas para sujetarla.

—Despacio —murmuró, metiendo un brazo por detrás de sus piernas para tomarla en brazos y tumbarla en la cama.

Johara se apretó contra las sábanas de seda, consciente de su desnudez. Y abrió mucho los ojos cuando Azim empezó a desvestirse, dejando al descubierto su bronceado pecho y un torso digno de una estatua griega por su perfecta musculatura. Después se quitó los pantalones, tenía las caderas estrechas, las piernas musculadas y cubiertas de vello oscuro. Y cuando llegó el turno a la ropa interior, Johara apartó la mirada, abrumada por la idea de verlo completamente desnudo.

—No tienes nada que temer —le aseguró él, tumbándose a su lado en la cama.

El choque de sus cuerpos le produjo a Johara una sensación dulce y extraña al mismo tiempo.

Él le acarició el hombro y bajó hasta la cadera para continuar descendiendo hasta el interior de los muslos. Johara se puso tensa un instante cuando sus dedos le rozaron la parte más íntima del cuerpo.

—¿Por qué me gusta tanto? —le consultó, aturdida.

—No creo que a nadie le preocupe mucho la respuesta a esa pregunta —murmuró él.

Le hizo separar los muslos y la acarició de manera más íntima. Ella arqueó las caderas instintivamente y cerró los ojos, avergonzada por sentirse tan expuesta. ¿Cómo era posible que la gente hiciese aquello mirándose a los ojos?

¿Cómo iba a mirar ella a Azim?

Tenía las piernas completamente separadas y Azim la estaba acariciando con la boca, creando en ella una sensación cada vez más intensa, como una ola enorme a punto de romper contra las rocas.

–Déjate llevar, Johara –le ordenó este con voz ronca.

–¿Cómo...? –gimió ella.

–Confía en mí –murmuró Azim mientras continuaba acariciándola con los dedos y con la boca.

De repente, a Johara se le quedó la mente en blanco y sintió que su cuerpo tomaba el relevo. Era un placer exquisito y casi doloroso, sintió que se sacudía de placer y dio un grito ahogado, se agarró a Azim y apoyó la frente mojada de sudor en su hombro. Entonces se sintió débil, con todos los músculos relajados, sin fuerza después de un clímax que había sido más fuerte que ninguna otra sensación que hubiese experimentado hasta entonces.

Sintió ganas de llorar, conmovida por la experiencia. Quería sentir cerca a Azim, y no solo físicamente, sino también mental y emocionalmente. ¿Cómo era posible hacer aquello y no anhelar más?

–No hemos hecho más que empezar –comentó él en tono satisfecho.

La tumbó boca arriba y se colocó encima. Johara lo miró y sintió miedo.

No había ni rastro de ternura en su expresión. Para él aquello no era más que un ejercicio físico que pro-

vocaba un intenso placer. Y si bien el cuerpo de Johara estaba preparado, su mente se bloqueó, pensó
que necesitaba de Azim algo más que aquello.

Se puso tensa, se agarró a sus hombros mientras
él apretaba la erección contra su vientre. Comprimió
los labios mientras Azim empezaba a penetrarla. Los
ojos se le llenaron de lágrimas ante aquella invasión
que le resultó inesperada, excesiva. Ni las películas
ni los libros le hacían justicia. Nadie le había contado que fuese una experiencia tan abrumadora. Azim
estaba invadiendo su alma. Ella se mordió el labio,
cerró los ojos con fuerza.

–¿Te estoy haciendo daño? –le preguntó Azim.

–No.

El problema no era aquel. La sensación de tenerlo dentro era extraña, pero no le hacía daño. Y,
no obstante, Johara tenía todavía más ganas de llorar, su mente se resistía a aquello, su cuerpo le pedía más, sus caderas se levantaban para recibirlo.

Azim la penetró por completo, la hizo suya en
aquel momento. Y Johara vio satisfacción en su sonrisa y en sus ojos mientras empezaba a moverse dentro de ella. que también movió las caderas, con tor-
peza al principio, con mayor seguridad después.
Cada golpe le produjo una ola nueva de placer, hasta
que no pudo pensar ni sentir nada más, hasta que su
cuerpo acalló totalmente las protestas de su mente.
Entonces llegó al clímax y gritó.

Azim se quedó un instante más sobre su cuerpo
y Johara le acarició el pelo y buscó en él la clase
de intimidad que sabía que Azim no quería darle.

Le acarició la espalda y entonces él se levantó de

la cama bruscamente y se puso una bata en un momento, despareció dentro del baño, dejándola sola
cuando su cuerpo todavía no se había recuperado
de la sensación de saciedad.

Capítulo 12

AZIM estudió en el espejo del baño su rostro ruborizado, sus ojos brillantes, y se preguntó por qué no se sentía más orgulloso. Había conseguido que Johara respondiese como había sabido que respondería. Se había sentido satisfecho al verla llegar al orgasmo. Y después... también él había sentido placer. Había sacado de la experiencia exactamente lo que había querido.

Y, no obstante, no podía dejar de pensar en la mirada inocente de Johara. De repente, sentía que el momento más íntimo que habían compartido había sido mientras él le quitaba las horquillas del pelo.

Se lavó la cara para intentar borrar de su mente lo que aquel momento le había hecho sentir. Se dijo que era evidente que tenían química. Eso era bueno, les vendría bien para el matrimonio. Y por el momento no debía preocupase por nada más.

Cuando volvió al dormitorio, Johara se había puesto el camisón y el pelo oscuro le tapaba el rostro. Estaba tumbada de lado, de espaldas a él, hecha un ovillo bajo las sábanas.

Azim dudó.

–¿Estás bien? –le preguntó en voz baja–. ¿No te habré hecho daño?

Ella sacudió la cabeza y Azim, sin pararse a pensarlo, se sentó en la cama y le acarició el pelo, metiéndole un mechón detrás de la oreja para poder verle la cara. Vio el rastro de las lágrimas en sus mejillas y apartó la mano.

—Has dicho que no te había hecho daño.

—No me lo has hecho.

—Entonces, ¿por qué lloras?

—No lo sé –admitió ella en voz baja–. Qué tontería, ¿verdad?

Él no supo si era una tontería o no, pero no le gustó.

—No me gusta ver a una mujer llorar después de haberle hecho el amor –le dijo, dándose cuenta de la frialdad con la que le estaba hablando.

—En realidad, nosotros no hemos hecho el amor, ¿no? –comentó ella.

Azim se quedó inmóvil, consternado por su insinuación.

—Sé que me estoy comportando como una idiota –añadió Johara–. Sé que no me amas. ¿Cómo vas a amarme? En realidad, no nos conocemos. Y yo tampoco te amo a ti. Ni siquiera quiero amarte.

Aquello lo tranquilizó y lo enfadó al mismo tiempo.

—Entonces, ¿cuál es el problema? –le preguntó en tono tenso.

—No lo sé –admitió Johara suspirando–, pero me siento triste.

Azim se apartó de su lado con impaciencia y, sin saber por qué, le contestó:

–Es una experiencia emocionalmente fuerte para cualquier mujer, supongo.

Aunque no lo había sido para ninguna de las mujeres con las que se había acostado hasta entonces. Aunque Johara era diferente, virgen, inocente e ingenua. Era normal que se sintiese así.

–Sí –respondió ella, suspirando–, pero no para los hombres.

–No suele ocurrir, no.

Al menos, a él no le pasaba.

–¿Has estado enamorado alguna vez? –le preguntó Johara en voz baja–. ¿Sabes cómo se siente uno?

–No. Y no me voy a enamorar de ti, Johara, si es esa tu esperanza. Eres joven e inexperta, así que es normal que sueñes con el amor, pero no lo vas a encontrar en mí.

–Tampoco te lo he pedido –replicó ella.

–Bien.

–Lo he sabido desde que me pediste que me casase contigo. No fue una petición precisamente romántica. Y, en cualquier caso, yo no quiero quererte. ¿Por qué iba a querer enamorarme de alguien que no tiene intención de corresponderme? Sería la receta de una relación abocada al desastre.

–Me alegra que ambos seamos claros –le respondió Azim.

Un tenso silencio invadió la habitación. Azim se tumbó boca arriba y clavó la mirada en el techo. Johara volvió a tumbarse de lado, dándole la espalda, hecha un ovillo. Él escuchó su respiración, que le resultó extrañamente reconfortante. Era la primera vez que dormía con una mujer toda una noche y, a pesar de estar muy cansado, le resultó difícil conciliar el sueño.

A la mañana siguiente, mientras se preparaba y se vestía, Johara habló consigo misma muy seriamente. Los sirvientes los habían despertado y les habían llevado una camarera llena de platos y bandejas de plata para el desayuno. Habían entrado acompañados de un oficial de palacio, y Johara se había ruborizado y se había metido en el cuarto de baño mientras este inspeccionaba las sábanas para buscar en ellas la necesaria prueba de su virginidad. Satisfecho, los había dejado solos, lo mismo que los sirvientes.

Habían desayunado en la cama, acto que podía haber resultado romántico o erótico, pero que había sido casi como una reunión de negocios.

–Tus asistentes vendrán enseguida para llevarte de vuelta al harén –le informó Azim mientras servía el café.

–¿Y allí es donde me quedaré? –preguntó ella en tono enfadado y dolido.

–Estoy seguro de que estarás muy cómoda.

Johara sacudió la cabeza despacio.

–¿De verdad que me voy a tener que pasar el resto de la vida en un par de habitaciones?

–No, por supuesto que no. ¿Por qué te pones tan melodramática? –le preguntó él, molesto.

Johara bajó su taza de café.

–No me había dado cuenta.

–Me acompañaras a los eventos que haya en la ciudad, y asistirás a muchas cenas y a otras celebraciones oficiales en palacio. No eres una prisionera, Johara, y si te sientes así es que no sabes lo que es estar preso de verdad.

–¿Y tú sí? –le preguntó ella.

–Sé lo que es sentirse atrapado –le respondió Azim.

–¿Por qué?

Él dudó y Johara esperó, conteniendo la respiración.

–Los años posteriores a mi secuestro no fueron fáciles –le explicó él, dando un sorbo a su café y apartando la mirada, como si con aquello hubiese zanjado la conversación.

–Dijiste que habían sido desagradables, pero ¿qué quieres decir con que sabes lo que es sentirse atrapado?

Él apretó los labios.

–No importa. Luché mucho por sobrevivir y por triunfar, y lo hice, pero hubo años en los que me sentí atrapado, en los que parecía no haber una salida, en los que pensaba que nunca iba a dejar de sufrir, y aquella experiencia no fue como esta.

–Lo siento, Azim.

–Esto no es una prisión, Johara. Eres libre de hacer lo que quieras en los aposentos de las mujeres, puedes hacerte amiga de tus asistentes, puedes dedicarte a causas propias de tu situación. Tienes prácticamente la misma libertad que cualquier otra mujer de Alazar.

Después de escuchar aquello, Johara se sintió

como una niña caprichosa por haberse quejado y, no obstante, siguió echando de menos una relación de amistad con su marido, e incluso el amor. La noche anterior le había dicho que no quería amarlo, pero, después de lo que habían hecho, le resultaba casi imposible no pensar en ello. ¿Cómo no iba a pensar en el amor después de haber entregado su cuerpo y su alma? Le resultaba inconcebible separar ambas cosas mientras que para a Azim parecía de lo más normal.

Mientras volvía al harén, a vestirse y prepararse para el día, se dijo que no tenía que haberle hablado de amor a Azim. ¿Qué había esperado? ¿Que la abrazase y le susurrarse que la amaba? Era ridículo pensar que el sexo iba a cambiar nada para él. Su comportamiento había sido patético, y no debía repetirse.

No intentaría complacerlo, como había hecho con su padre. Porque se había dado cuenta de que, en el fondo, Azim era igual que este. Podía regalarle vestidos y besos, porque eso no le costaba nada. Nada desde un punto de vista emocional, que, al fin y al cabo, era lo que importaba.

Y no iba a caer en la trampa de amar a alguien que no la correspondería jamás. No.

Además, ni siquiera conocía bien a Azim, aunque, cuanto más lo conocía, más consciente era de lo mucho que debía de haber sufrido, de lo fuerte que era. Y más deseaba conocerlo. E incluso tenía una vocecilla en su interior que le pedía que tuviese paciencia, que si esperaba a que Azim aprendiese a confiar, todo podría cambiar, Azim podría amarla, y ella a él.

Johara se miró en el espejo, exasperada. Tenía las mejillas sonrosadas, los ojos brillantes. Era el rostro de una mujer a la que le habían hecho el amor, pero a ella no le habían hecho el amor, solo habían disfrutado de su cuerpo. La noche anterior no había ocurrido nada emocional, al menos, para Azim.

Se pasó la mañana organizando el harén a su gusto, deshaciéndose de algunos muebles, vaciando cajas de libros, ropa y fotografías, y sintiéndose mejor al poder personalizar su espacio. A mediodía comió con Aisha y Basima y disfrutó de su compañía.

Por la tarde, paseó por el jardín del harén, que era más grande que su jardín de Francia, y recordó que Azim le había hablado de toda la libertad de la que disponía. Entonces, se giró hacia Aisha con los ojos brillantes y le preguntó:

–¿Aisha, podrías conseguirme una pala?

Azim se pasó el día en su despacho, reunido con Malik y con otros oficiales, intentando concentrarse sin éxito. No podía dejar de pensar en Johara y de revivir los mejores momentos de su noche anterior.

–Debes de estar cansado –comentó Malik en tono malicioso.

–Estoy bien –replicó él.

–Ha sido tu noche de bodas, hermano. Es completamente aceptable que admitas una leve fatiga. Yo diría que es, incluso, lo que se espera de ti.

Le habló en tono afable y Azim recordó la camaradería que habían compartido. De no haber sido secuestrado, de no haberse convertido en una persona tan dura, habría compartido unas risas con su hermano, habría admitido que estaba agotado, pero en esos momentos se sintió molesto, a la defensiva y triste.

–Admito que estoy un poco cansado –le dijo en tono tenso–, pero, más que nada, por el *jet lag*.

Malik sonrió y se sentó enfrente de él para discutir las nuevas políticas para la industria del turismo en su país.

–Por supuesto.

Al final de la tarde Azim ya no podía más. Llevaba todo el día diciéndose que no iría a buscar a Johara, que pediría que fuese a su habitación por la noche, lo normal en un sultán recién casado. No le demostraría que la necesitaba, porque no la necesitaba y no quería mostrarse débil delante de nadie.

Aun así, al terminar la reunión con varios diplomáticos, se excusó y fue hacia el harén, lugar en el que no había estado desde niño, visitando a su madre.

De repente, recordó a su madre en el jardín del harén, observando los peces del estanque, con un brazo alrededor de los delgados hombros de su hijo. Había fallecido cuando él tenía seis años y desde entones se había cerrado el harén. La vida de Azim había cambiado cuando su abuelo había tomado las riendas de su educación, decidido a eliminar cualquier rastro de debilidad o de sentimiento, apartando a Malik de su vida. Su padre, roto de dolor, se había convertido en la sombra de un hombre, incapaz de interesarse por ninguno de sus hijos. Y, así, durante ocho años, Azim había aprendido a ser duro, rápido y fuerte. Y después lo habían secuestrado y había aprendido a ser duro de verdad.

–¡Alteza! –exclamó una sirvienta al abrir las puertas del harén–. Si viene en busca de Su Alteza...

–Sí.

–Está en el jardín.

Azim se dirigió al jardín y vio a Johara arrodillada frente a un lecho de flores, cavando con entusiasmo.

–Vamos a necesitar otra bolsa de compost antes de poder plantar, Aisha –dijo–. Ojalá el sistema de riego fuese mejor.

–No soy Aisha –respondió él.

–Ah –gritó ella, girándose, sobresaltada–. No esperaba verte. Basima me dijo que no me harías llamar hasta por la noche.

–Quería saber cómo estabas.

Ella sonrió.

–Estoy bien.

–Ocupada –añadió Azim–. Este jardín era muy apreciado, en particular, por sus rosas.

–¿De verdad? –preguntó ella–. Tenía que haber preguntado antes de quitarlas, aunque no las he estropeado, las voy a plantar al otro lado.

–Las rosas me dan igual –le dijo él–. Me gusta ver que estás ocupada. ¿Me dijiste que tenías un jardín en Francia?

–Sí, sobre todo con plantas medicinales.

–Como el aceite que utilizaste para mi dolor de cabeza.

–Sí.

Él tomó su mano y la hizo incorporarse.

–Tienes la nariz sucia –comentó, limpiándosela.

–Debo de estar hecha un desastre.

–Estás preciosa –admitió Azim, besándola.

Ella se apartó, frunció el ceño.

–¿Qué ocurre? –le preguntó Azim.

–Nada, me alegro de verte –le respondió ella, sonriendo.

–Bien –le dijo él volviendo a besarla, más apasionadamente.

–Podrían vernos...

–Las puertas están cerradas y tus asistentes saben que no deben molestarnos.

Azim había metido la mano por debajo de su falda y la subió por los muslos hasta llegar a la ropa interior.

Ella le apartó la mano.

–No.

–¿No?

A ella le brillaron los ojos con timidez.

–Si vamos a... entonces... yo también quiero tocarte.

Azim se sintió aliviado. Le gustó que Johara lo desease. Lo deseaba tanto como él a ella. Se sentó en el banco que tenían al lado, feliz, excitado.

–Adelante, por favor.

Johara lo miró con sorpresa. Dudó. Aunque en realidad era cierto, quería tocarlo. Quería ver si respondía a sus caricias del mismo modo que ella había respondido a las de él la noche anterior. Quería darle placer y, no obstante, no sabía por dónde empezar.

–¿No estarás asustada, Johara? –le preguntó Azim en tono burlón.

–No –respondió ella con firmeza, apoyando una mano en su pecho y notando los fuertes latidos de su corazón.

Azim la miró a los ojos.

–Bueno, esto ya es un comienzo.

–Sí –respondió ella, concentrándose en desabrocharle la camisa porque era incapaz de mirarlo a los ojos.

Dejó su maravilloso pecho al descubierto y pasó los dedos por él, desde la garganta hasta el ombligo.

–Solo tienes que tocarme para encender mi deseo –le dijo él–. Bueno, en realidad ni siquiera hace falta que me toques, con una mirada es suficiente, soy todo tuyo.

«Tuyo». Johara quería que fuese suyo. Si era sincera consigo mismo, quería que fuese suyo en más aspectos que aquel, pero se conformaría con aquello por el momento. Y disfrutaría.

Se sentó a horcajadas sobre su regazo y se levantó el vestido.

A Azim le brillaron los ojos y se sonrojó. Ella notó su erección y recordó que ya había estado sentada así sobre él, pero que en esa ocasión le tocaba a ella acariciarlo íntimamente.

–Creo que esto me gusta –admitió Azim.

Había llegado el momento de la verdad. Johara le bajó la cremallera de los pantalones y lo acarició, maravillada con su propia valentía y con la suavidad de su piel.

–Sí, me gusta mucho –murmuró Azim–, pero no olvides terminar lo que has empezado.

Johara se dijo que podía hacer aquello.

–Eso pretendo –le respondió.

Entonces, se puso de rodillas y, apartando la ropa interior, se hundió en él y gimió.

–La sensación es diferente –comentó.

Él se echó a reír y movió las caderas.

–¿Pero te gusta?

–Sí, sin duda. Sin duda.

Un rato después, cuando ya ambos se habían calmado y estaban tomando un refresco que Azim había hecho llevar, Johara se maravilló de su propio atrevimiento. Y, sentada bajo la luz del sol con el brazo de Azim alrededor de sus hombros, pensó que hacía mucho tiempo que no era tan feliz. De repente, se sentía esperanzada y había decidido que no quería vivir como su padre. No quería proteger su corazón y quedarse sola, como Azim había estado durante tanto tiempo. Quería más, aunque le doliese.

–¿Por qué la medicina natural? –le preguntó él mientras jugaba con un mechón de su pelo.

–Nuestra cocinera, Lucille, me enseñó a preparar remedios naturales para intentar aliviar los dolores de mi madre. Así que planté un jardín con su ayuda y empecé a leer libros al respecto.

–¿Y funcionó con tu madre?

–En ocasiones –respondió–. Tenía unos dolores de cabeza terribles, por eso me di cuenta de que a ti te pasaba igual. Y además estaba... como aletargada.

–¿Y sabes cuál fue la causa?

Johara dudó, sabiendo que entraba en terreno pantanoso.

–Mi padre nunca la amó –empezó–. O eso me dijo a mí mi madre.

En esos momentos, comprendió las quejas de su madre, vivir sin amor era terrible. Se preguntó qué haría si no conseguía que Azim llegase a enamorarse. ¿Y si se enamoraba ella y terminaba como su madre?

–¿Y ella sí lo amaba?

–Sí, o eso decía. También tuvo varios abortos, que fueron muy duros para los dos, sobre todo para mi padre, que quería un hijo varón. Supongo que yo no fui precisamente un buen premio de consolación.

–Para mí has sido todo un premio –le dijo Azim, acariciándole la mejilla.

A ella la invadió la emoción. No dudó en ningún momento de la sinceridad de Azim y se sintió encantada de poder escuchar aquello. Y, no obstante...

No quería ser un premio. Quería ser su compañera, su amante, su alma gemela. Se dio cuenta de que se estaba enamorando perdidamente de su marido y que quería, con desesperación, que él la correspondiese. Y la posibilidad de que eso ocurriese fue suficiente para hacerla sonreír.

Capítulo 13

VAMOS a viajar a Najabi.

Azim estaba en la puerta de la destilería, muy serio. A Johara le dio un vuelco el corazón, cosa que le ocurría siempre que veía a su marido. Llevaban tres semanas casados y a pesar de que era muy poco tiempo, tenía la sensación de haber vivido siempre así.

Habían entrado en una plácida rutina con la que Johara estaba contenta. Ella trabajaba casi todas las mañanas en el jardín y solía ver a Azim por las tardes, cuando él se pasaba por el harén. Cenaban juntos y, después, pasaba la noche en su cama.

Era más, mucho más, de lo que había esperado tener en aquel matrimonio de conveniencia y, no obstante, no era suficiente. Azim se mostraba atento y era muy buen amante, aunque solía salir de la cama y vestirse en cuanto habían terminado.

Hablaban juntos de ideas, de política, de arte, y casi de todo menos de ellos mismos. Al menos, Azim nunca hablaba de él, y Johara había aprendido a no preguntar.

El día después de haber ido a verla al jardín, Azim había ordenado que le llevasen todo lo que pudiese necesitar para transformar aquel lugar tan bien podado y perfecto en un santuario salvaje y anárquico, como el que Johara había tenido en Francia. También había hecho que se convirtiese una de las habitaciones del harén en una destilería con todo lo necesario para preparar aceites esenciales y ungüentos.

Aquel detalle había conmovido a Johara y le había dado esperanza.

–¿A Najabi? –preguntó–. ¿Dónde está eso?

–En el desierto. Tengo que ir a visitar a las tribus del desierto y asegurarles que les soy leal.

–¿Y yo? ¿Tengo que hacer el papel de esposa devota?

–Eres una esposa devota –le dijo él, esbozando una sonrisa–, pero, sí. Les tranquilizará saber que mi esposa no me está corrompiendo, y que la tengo bajo control.

Habló en tono de broma, pero Johara supo que hablaba en serio.

–¿Cuándo partiremos?

–Mañana. Estaremos fuera unos días. Vamos a visitar a varias tribus. Y han planeado distintas celebraciones para nosotros. No obstante, será un viaje duro. El interior de Alazar es bastante escarpado y hay pocas carreteras. Basima te ayudará a hacer la maleta.

–¿Y qué haré yo cuando estemos allí? –preguntó Johara con cierta aprensión.

–Puedes fijarte en mí –le dijo Azim–. Es importante, Johara. Para nosotros y para Alazar.

Al día siguiente tomaron un helicóptero que los llevó al interior del país.

Johara pasó casi todo el trayecto mirando por la ventana, maravillada con el paisaje e intentando calmar sus nervios. Azim había estado en silencio desde que habían empezado el viaje, haciendo que Johara recordase los primeros días de su matrimonio, en los que habían sido como dos extraños.

Ella había pensado que aquello había quedado atrás, pero ya no estaba tan segura. En realidad, no sabía decir cómo era su matrimonio ni su vínculo real. En ocasiones, cuando Azim le sonreía o la abrazaba, cuando le acariciaba el pelo o estaba en su interior, Johara se sentía en la cúspide de todo, en la cúspide del amor.

Pero en aquel momento se sentía como una tonta, se sentía patética.

—¿Por qué no vamos en helicóptero directamente a nuestro destino? —preguntó.

Azim le había contado que tendrían que viajar varias horas más hasta el campamento de la primera tribu.

—Porque, para mí, como líder, sería una vergüenza llegar en helicóptero.

—¿Y llegar en todoterreno, no?

Azim sonrió ligeramente.

—No vamos a ir en todoterreno.

—¿No?

—No, vamos a ir a caballo.

—¿A caballo? Si yo nunca he montado a caballo en toda mi vida.

–Eso va a cambiar muy pronto –le dijo Azim–. Vas a montar conmigo.

Era la primera vez que Azim estaba en el árido corazón de Alazar. Se había preparado para ser sultán en Teruk y había empezado la escuela militar. Asad lo habría llevado al desierto con el paso del tiempo, suponía Azim, pero en esos momentos sintió que le faltaba aquella experiencia.

Se hizo sombra en los ojos con la mano mientras Johara bajaba del helicóptero detrás de él. Estaban a varias horas a caballo del primer campamento, en un paisaje casi lunar, de interminables dunas y temibles rocas. Un criado los esperaba con los caballos y las provisiones. Azim le dio las gracias y tomó las riendas de su caballo. Estaba nervioso, demasiado tenso, y le estaba empezando a doler la cabeza. La conversación que había mantenido con su abuelo el día anterior todavía le retumbaba en la cabeza.

–Te estás comportando como un idiota por su culpa.

Azim había mirado al anciano, que en esos momentos estaba confinado a su cama, amargado y solo, y había intentado no reaccionar. Asad casi no podía respirar. El médico le había dado un par de meses de vida, como mucho, y Azim no había sentido nada al escuchar la noticia.

Había habido una época en la que sí que había sentido algo por el anciano. Le había gustado recibir sus elogios y había intentado complacerlo trabajando duro. Después, se había olvidado de Asad y de Alazar por completo, pero al ver a su abuelo en televisión había empezado a recordar, y la primera emoción que había sentido había sido ira, rabia, contra aquel hombre que tan duro había sido con él. En esos momentos lo había mirado con frialdad y se había negado a morder el cebo.

–Mañana voy a viajar al interior de Alazar.

–¿No has oído lo que he dicho?

–Sí, pero prefiero no responderte.

–La gente habla. Dicen que pasa todas las noches en tu cama.

–Quiero un heredero.

–Y tú vas al harén, prácticamente todos los días –había insistido su abuelo con incredulidad–. Te has dejado cautivar por sus encantos.

Azim no había contestado.

–¿Qué piensas que van a decir las tribus del desierto? –había continuado Asad–. Pensarán que te controla una mujer y, además, una europea.

–Johara fue elegida por el país –le había recordado Azim–. Su sangre es casi tan noble como la nuestra. Estaba destinada al trono tanto como yo.

–Pero no ha vivido aquí –había puntualizado Asad–. Ni tú tampoco. Ha vivido en Francia... La gente habla, y tú estás empeorándolo.

–¿Es eso todo? Tengo asuntos que atender.

Y se había dado la media vuelta sin esperar a oír la respuesta de su abuelo.

–Dicen que eres como él, Azim –había jadeado su abuelo–. Igual que tu padre.

Azim había cerrado la puerta tras de él.

Montado en el semental que le habían llevado, intentó no pensar en las palabras de su abuelo. Él no era como su padre. No era débil. Ya no. Era cierto que disfrutaba de la compañía de Johara, y de su cuerpo, pero eso no era malo. No era un signo de debilidad. No obstante, no podía sacarse las palabras de su abuelo de la cabeza, y eso lo crispaba.

–No sabía que los caballos fuesen tan grandes –comentó Johara.

–El mozo te ayudará a montar –le respondió Azim, apartando la mirada e intentando no pensar en el gesto de dolor de su esposa.

Desde que había mantenido aquella conversación con su abuelo, había estado frío y distante con ella, no habían pasado la noche juntos y casi no le había hablado durante el viaje.

Se sentía culpable por hacerle daño, pero pensaba que era necesario. Tal vez ambos necesitasen que les recordasen cuáles eran los parámetros de su relación. Tal vez él había sido demasiado indulgente y ambos tuviesen que adoptar un comportamiento que, a la larga, sería mejor.

El mozo ayudó a Johara a montar y él la agarró del brazo para que se sentase bien, con la espalda apoyada en su pecho.

La rodeó con un brazo por la cintura, por debajo de los pechos, y espoleó al caballo, que echó a andar. Azim intentó no reaccionar al notar el roce de sus cuerpos.

Cuando el animal comenzó a galopar, Azim sintió algo primitivo que le decía que Johara era suya, y que, como tal, debía cuidarla y protegerla. Y amarla. La palabra le vino a la cabeza y él la apartó rápidamente. El amor era una debilidad. La confianza, una estupidez. Eso lo tenía claro, lo había visto muchas veces, con su padre primero, con Caivano después. Confiar en alguien significaba darle poder. Y amarlo, arriesgarse a sufrir y a que lo traicionasen.

La sujetó con más fuerza y ella lo miró con el ceño fruncido. Azim apartó la vista y la clavó en la duna que tenían delante.

Cuando llegaron al oasis de Najabi tenía el cuerpo dolorido y se imaginó cómo debía de sentirse Johara, que era la primera vez que montaba a caballo. No se había quejado ni una vez, y Azim la admiró por ello. Su esposa era una mujer fuerte.

Los líderes de la tribu se habían reunido para recibirlos. Había tensión en el ambiente, y una cierta hostilidad. Johara se había quedado detrás de él, con la cabeza agachada para no cruzar su mirada con la de nadie, como se suponía que debía hacer. Aquello debía de haberlo llenado de satisfacción y alivio, pero en realidad lo molestó.

No quería que Johara tuviese que ir detrás de él, la quería a su lado, con la cabeza erguida, sonriendo. Deseó acercarla, el impulso fue casi incontrolable, inquietante. Saludó a uno de los líderes que, después de un momento casi interminable, se inclinó ante él. Y Azim siguió pensando en Johara.

Johara sintió la tensión y la hostilidad que reinaban en el ambiente mientras los líderes de la tribu se iban inclinando ante Azim con expresión grave y estoica. Ella había mantenido la cabeza agachada, pero había observado la escena con disimulo.

Todo el mundo estaba en silencio y solo se escuchaba el sonido del viento. Un caballo relinchó. De repente, hubo un estallido de conversaciones y risas, un grupo de mujeres sonrientes, vestidas con coloridos hiyabs, se acercó a ella.

Los hombres golpearon a Azim en la espalda, como aceptándolo en su redil. Aliviada, Johara se dio cuenta de que el tenso momento de incertidumbre ya había pasado.

Las mujeres la rodearon y, ante la sorpresa de Azim, ella se dejó llevar.

Entraron en una tienda sin dejar de hablar, guiñándole el ojo mientras comentaban lo guapo que era el futuro sultán, riendo. Johara se contagió de aquel ambiente y empezó a hablar y a reír con ellas.

Aunque también se preguntó por qué se había mostrado Azim tan frío. Habían pasado horas montando a caballo juntos y ella se había sentido como un saco de patatas. Se preguntó si se estaría comportando así por las tribus del desierto o por decisión propia. Tal vez aquello fuese un reflejo de sus verdaderos sentimientos, o de la falta de ellos.

La agasajaron con *sharbat* frío y con pastelitos de miel y la llevaron a una zona resguardada del oasis en la que se bañaron todas.

Después de varias horas a caballo, Johara se alegró de poder quitarse la arena y el polvo del camino, aunque le diese vergüenza desnudarse delante de aquellas desconocidas. Las mujeres le dieron un vestido nuevo, de lino color crema bordado en púrpura y oro, digno de una princesa.

Johara se dio cuenta de que estaban preparando una comida especial para Azim y para ella, el futuro sultán y su esposa. Y contuvo el aliento cuando las mujeres la llevaron hasta el círculo de hombres, que asintieron con aprobación al verla vestida de la manera tradicional. Ella buscó con disimulo al único hombre cuya opinión le importaba, pero cuando lo encontró se dio cuenta de que su gesto era inexpresivo, y apartó la mirada para que no se cruzase con la suya.

¿Qué estaba pasando?

Johara estuvo triste el resto de la noche. Intentó sonreír y hablar con las mujeres que la acompañaban, pero estaba confundida y enfadada con Azim, por mostrarse tan distante, y molesta consigo mismo porque aquello la afectaba.

Estaba haciendo lo contrario de lo que había querido hacer, se había dejado engatusar por Azim y se había hecho ilusiones con él.

Después de la celebración, Johara se preparó para acostarse en la tienda que habían habilitado para Azim y para ella. Las numerosas almohadas, las flores, las velas, creaban un ambiente muy romántico, pero eran un desperdicio, porque Azim seguía con los líderes de la tribu.

Johara tardó mucho tiempo en quedarse dormida, pero lo consiguió, aunque se despertó cuando Azim entró en la tienda. Se giró hacia él para recibirlo, pero Azim se quitó la túnica y se tumbó lejos de ella, dándole la espalda. Así que Johara se volvió a dormir.

Se despertó durante la noche, sin saber por qué, y se dio cuenta que Azim no estaba allí.

Después de dudarlo, decidió levantarse ella también, se puso una bata y salió de la tienda para buscar a su marido.

El desierto estaba en silencio y Johara se movió por el campamento como una sombra. La luz de la luna teñía las dunas de plata, iluminaba a los caballos y la silueta de las tiendas.

Guiada por el instinto, Johara fue hacia el oasis, que estaba apartado del campamento, y lo vio vacío. Así que ya se estaba marchando cuando oyó que alguien se metía en el agua, y pensó que Azim debía de estar bañándose en la zona más resguardada, donde ella había estado con las mujeres unas horas antes.

Avanzó sigilosamente, con el corazón acelerado, y vio su cabeza primero, después los brazos y el musculoso torso. Se quedó allí, admirándolo, mientras salía del agua completamente desnudo, y no pudo evitar dar un grito ahogado.

Azim se quedó inmóvil y miró hacia donde estaba ella.

–¿Se puede saber qué estás haciendo aquí?

Capítulo 14

JOHARA había visto sus cicatrices. Las cicatrices que nadie veía. Él se ocupaba de que así fuera. Nunca se cambiaba de ropa en público porque no quería que viesen aquellas terribles marcas que eran el símbolo de una etapa de servidumbre en su vida.

Desde que se había casado con Johara, se había asegurado de no enseñarle nunca la espalda desnuda. En esos momentos, a juzgar por la expresión de su rostro, de horror y pena, ya las había visto.

−¿Cómo ocurrió? −le preguntó esta en un susurro, consternada.

Azim salió del agua, tomó su camisa y se la puso. Johara alargó una mano.

−Azim...

−Me pegaron −le respondió−. Como a un perro.

−¿Quién?

Él sacudió la cabeza con impaciencia. Estaba furioso y no sabía por qué. No sabía si estaba enfadado con Johara, porque lo había visto, o consigo mismo, por haber permitido que ocurriera, o incluso por tener aquellas cicatrices. ¿O tal vez con Caivano, por lo que le había hecho?

–¿Fue cuando te secuestraron? –preguntó Johara en voz baja–. ¿Te pegaron?

Habría sido fácil decirle que sí, que sus secuestradores le habían pegado y le habían marcado la espalda y el rostro. No obstante, no pudo mentir.

–No.

–Entonces, ¿fue tu abuelo?

–No –respondió él–. Mi abuelo puede llegar a ser muy cruel, pero jamás me habría marcado así. Alguien con sangre real no debería...

«No debería permitir que lo marcasen así», pensó, pero fue incapaz de decirlo en voz alta.

–No te compadezcas de mí –añadió–. No lo soporto.

–No me compadezco de ti –le contestó Johara–, pero siento que hayas tenido que sufrir. ¿Por qué no me lo quieres contar? Quiero comprenderte, Azim. Quiero saber...

–Está bien. ¿Quieres saberlo? –dijo él en tono duro–. El hombre que me rescató del hospital, que aseguró que me conocía, que era mi tío, que me quería, el hombre que afirmó que yo me llamaba Rafael Olivieri... mentía. Eran todo mentiras. Aquel hombre vio a un chico vulnerable, sin recursos, sin amigos. Vio a un esclavo en mí.

Incluso en esos momentos, veinte años más tarde, el recuerdo lo dejó sin aliento, todavía sentía vergüenza y dolor. Había considerado a Caivano como a un padre durante las semanas que había estado en el hospital. Caivano había hecho su papel, le había llevado regalos, lo había engañado. Y

Azim, que estaba solo y lastimado, se había dejado engañar y lo había querido.

–¿Y qué ocurrió? –preguntó Johara, horrorizada.

–Que me llevó a un garaje y me obligó a trabajar allí, sin pagarme, como un esclavo. Cuando intenté escapar, me ocurrió esto –le explicó, señalando su espalda.

Johara estaba pálida, tenía la mandíbula desencajada. Estaba horrorizada. Y Azim deseó no habérselo contado, porque, ¿cómo iba a mirarlo Johara de la misma manera después de aquello? Siempre vería las cicatrices, recordaría cómo se las habían hecho. Vería a una víctima en vez de a un hombre.

–¿Y cómo escapaste de él? –preguntó Johara en un susurro.

–Tardé mucho tiempo. Caivano era un mafioso. Tenía amigos en los lugares más oscuros, lo que significaba que era casi imposible escapar. Tardé cuatro años en trazar un plan.

Suspiró, le dolía el pecho, tenía un zumbido en los oídos.

–Lo emborraché y encontré pruebas de sus crímenes. Lo chantajeé para que me dejase en libertad, y utilicé el dinero que le había robado para hacer mi primer negocio inmobiliario. Y siempre vigilé mis espaldas.

–¿Y qué le ocurrió a él? –preguntó Johara.

–Lo arruiné –dijo Azim sin ninguna emoción.

Había dormido durante diez años con un cuchillo debajo de la almohada y un ojo medio abierto, siempre alerta. Cuando por fin había conseguido arruinar a Caivano, seis años antes, la venganza había sido fría, pero dulce, aunque no lo hubiese satisfecho del todo. Necesitaba que lo valorasen por lo que era, por ser el hombre en el que se había convertido.

—¿Cómo lo arruinaste?

—Compré su negocio. Tardé diez años, pero conseguí que su negocio quebrase y se lo compré por muy poco cuando a Caivano ya no le quedaba nada.

Johara hizo una mueca que Azim no pudo descifrar.

—¿Eso te hizo sentirte mejor?

—Sí, lo cierto es que sí.

Aunque no fue suficiente.

—Había esperado mucho tiempo para vengarme —añadió.

—Supongo que eso puedo entenderlo —comentó Johara en tono triste—. Si te ayudó a sanarte...

—No necesitaba sanarme —replicó Azim—. Necesitaba hacer justicia.

Tomó sus pantalones y le dio la espalda.

—Vuelve a la tienda, Johara —le ordenó, pero ella no se movió—. ¿Qué haces todavía aquí?

—¿Por qué estás tan frío conmigo? —le preguntó ella—. Desde que me anunciaste que íbamos a venir a Najabi has estado muy distante conmigo. Nos estábamos entendiendo bien, Azim. O eso pensaba yo, aunque ahora me doy cuenta de lo poco que me habías contado. Mostrado.

Él apretó los puños.

—Nunca le he mostrado a nadie mis cicatrices.

—Pero yo soy tu esposa. ¿Ibas a ocultármelas eternamente? Siempre me preguntaba por qué no me dejabas que te abrazase después de hacer el amor, por qué te vestías tan rápidamente. Antes o después, las habría visto. Y entonces, ¿qué habría ocurrido?

Azim no respondió. ¿Qué iba a decir? Era ridículo, patético, ocultarse de su propia esposa y, no obstante, lo único que sabía era que no podía permitir que nadie viese lo que le habían hecho. No podía revelar semejante debilidad, ni ver compasión en los ojos de Johara.

—No te entiendo —admitió Johara con voz triste—. Pensé que estaba empezando a... que estábamos empezando a...

—Te lo advertí, Johara —le dijo él—. Te lo advertí. Nuestro matrimonio no iba a ser el cuento de hadas que tú parecías querer. Solo hay una cosa entre nosotros. Esta.

Azim la agarró con fuerza por los hombros y la atrajo hacia él para besarla. Lo que pretendió que fuese un cruel recordatorio, incluso un castigo, a Johara le encendió el alma e hizo que se derritiese por dentro. Esta se dijo que no iba a permitir que convirtiese sus encuentros sexuales en una venganza.

Lo abrazó por el cuello y apretó su cuerpo contra el de él. La ropa de Azim, que estaba mojada, humedeció la suya y sus cuerpos se tocaron. Johara separó los labios y profundizó el beso.

Azim gimió y Johara no supo si lo había enfadado todavía más o si había conseguido resquebrajar la armadura que su marido se había puesto mucho tiempo atrás

Sin dejar de besarse, se tambalearon hacia atrás y cayeron sobre la arena con las piernas entrelazadas mientras se acariciaban desesperadamente.

Azim le levantó el camisón hasta la cintura y la acarició en los lugares más íntimos, sabiendo a la perfección cómo hacer que enloqueciese de deseo.

Johara se abrió a él y aceptó sus bruscas caricias, le pidió más. Azim no podía ganar aquella batalla. Ella saldría triunfante, aunque pareciese que la hubiese derrotado.

Azim la penetró y ella lo aceptó y lo abrazó con las piernas por la cintura para que entrase todavía más mientras sus cuerpos se movían con urgencia, buscando el placer con desesperación.

Johara metió las manos por debajo de su camisa y se aferró a él a pesar de que Azim intentó zafarse, pasó las manos por las cicatrices y sintió que se le rompía el corazón.

Entonces la invadió el placer, oyó gemir a Azim y notó que se relajaba encima de ella. Ninguno de los dos habló.

Por fin, Azim se apartó y se tumbó boca arriba, con un brazo cubriéndole el rostro. Johara lo miró y sintió ganas de llorar.

–Azim... –empezó, pero él negó con la cabeza–. Azim, por favor, no te apartes de mí ahora, por favor.

–No puedo soportar que lo sepas –respondió este por fin–. Que pienses así de mí.

–¿Así, cómo? –preguntó ella–. ¿No pensarás que

te considero débil por eso? Porque un hombre mal-
vado y enfermo te pegó cuando eras joven y vulnerable.

—No era tan joven –respondió él en voz baja–.
Era lo suficientemente fuerte para defenderme.

—Entonces, ¿por qué no lo hiciste? –lo retó ella.

Azim volvió a sacudir la cabeza.

—Azim, ¿por qué no lo hiciste?

—Porque estaba asustado –respondió él en un susurro–. Y porque, a pesar de que odiaba a Caivano,
no conocía a nadie más y creo que tenía miedo a
perderlo.

—Azim, eres la persona más fuerte que conozco
–le aseguró ella, abrazándolo–. Eres muy fuerte.

Después de unos segundos, Azim la rodeó con
sus brazos también y se quedaron un rato allí tum-
bados. Entonces, Azim murmuró una única palabra,
una palabra que Johara sabía que salía del fondo de
su corazón:

—Gracias.

Capítulo 15

PASARON varios días viajando de tribu en tribu, pasando las noches juntos. Johara deseaba confesarle a Azim que lo amaba, pero no encontraba el momento adecuado.

Se prometió que lo haría cuando volviesen a Teruk, pero cuando el helicóptero aterrizó Azim se marchó y dejó que ella volviese sola al harén. Y Johara se recordó que se estaba preparando para ser sultán y para gobernar el país, así que estaba muy ocupado, pero que hablarían más tarde.

Pero pasó un día, y otro, y no tuvo noticias de Azim.

A última hora de la tarde del segundo día, Johara recibió una visita inesperada: Gracie, la prometida de Malik, que le contó que había estado allí mucho tiempo atrás, cuando había conocido a Malik. Y que después habían vuelto a verse y habían vuelto a conectar, y, de repente, estaban comprometidos.

—Seguro que no fue tan rápido como mi matrimonio —comentó Johara haciendo una mueca—. Conocí a Azim solo unos días antes de la boda.

—Es duro, ¿verdad? —le dijo Gracie.

—Lo es, pero espero que no siempre sea así.

—Malik me ha dicho que Azim y tú os lleváis bien...

—Eso pensaba yo también, pero Azim...

–Malik tampoco lo tenía claro –admitió Gracie–. Estos Bahjat, no lo han tenido fácil, pero tampoco nos lo están poniendo fácil a nosotras.

Johara sonrió a pesar de la tristeza y respondió:

–No.

Habían pasado dos largos días desde que había visto a Johara por última vez. Tenía miedo a verla después de todo lo que había compartido con ella. No sabía si tenía más miedo a que su relación se hiciese más profunda o a que se rompiese. Tal vez se estuviese comportando como un cobarde, pero no tenía elección por el momento, no sabía qué otra cosa hacer.

Aquella noche se celebraba un banquete en honor a varios líderes europeos y Azim le había mandado un mensaje a Johara para que se preparase. Tenía ganas de verla, tal vez demasiadas, pero también estaba nervioso.

Las puertas se abrieron y Azim se giró, se le aceleró el corazón al verla, con un traje de noche color cereza que se le ceñía a la cintura. Llevaba el pelo recogido y diamantes adornando sus orejas y su garganta.

–Cuánto tiempo.

–He estado ocupado –le respondió él–. Lo siento.

–¿El qué?

–No haber ido a verte.

Ella se encogió de hombros.

–Has dicho que has estado muy ocupado –le dijo ella, pero era evidente que estaba dolida.

–Lo cierto es que... no sabía qué decirte.

–¿A qué te refieres?

–A que tengo la sensación de haberte contado demasiado –admitió Azim, apartando la vista.

–Azim... –le dijo ella, apoyando la mano en su brazo.

Llamaron a las puertas del salón.

–Tenemos que irnos.

Johara se comportó de manera encantadora toda la noche y él fue consciente de su presencia a su lado todo el tiempo.

Hacia el final de la velada, Malik se acercó a Azim y le dijo al oído:

–Tienes que ver algo.

–¿Ahora? –preguntó él, poniéndose tenso–. Espero que sea importante.

–Lo es –respondió Malik muy serio.

Y ambos salieron del salón para ir juntos al despacho de Azim. Una vez allí, Malik sacó un papel de su bolsillo.

–Me lo ha enviado uno de nuestros embajadores. Estará en la prensa europea mañana.

El futuro sultán de Alazar tratado como un esclavo y golpeado. La noticia contaba todo lo que él le había confesado a Johara... y a nadie más.

–Lo siento mucho, Azim –admitió Malik compungido–. No tenía ni idea de lo mucho que habías sufrido.

–No importa –respondió él, al que solo le dolía la traición de Johara.

No podía creerlo, no quería creerlo, pero... ya lo habían traicionado antes.

–Intenta controlar el tema lo máximo posible. No quiero servir de forraje para la prensa. Y si alguien pregunta, no hagas comentarios. Cuanto antes se olvide todo esto, mejor.

Malik asintió.

–¿Estás seguro?

–Sí –respondió él–. Estoy seguro.

Azim no volvió al banquete ni mandó llamar a Johara aquella noche. Esta volvió a sus habitaciones sin saber qué había ocurrido ni adónde había ido Azim.

Se pasó la noche dando vueltas en la cama, preocupada y después del desayuno una de sus asistentes le pidió que se preparase.

La condujeron hasta un despacho en el que estaba él, mirando por la ventana.

–Azim...

–Te marcharás esta misma mañana –la interrumpió él en tono gélido–. A Francia.

–¿A Francia?

–Sí. Es allí donde querías estar, ¿no? Pues ya lo has conseguido. Nuestro matrimonio será exactamente como tú querías cuando nos conocimos.

–Pero, ¿qué ha pasado? Anoche...

–Anoche descubrí cómo eres realmente.

–¿A qué te refieres?

Él señaló el escritorio.

–A eso. Ya lo sabes.

Ella vio varios periódicos y leyó por encima los titulares. Entendió lo que ocurría.

–¿Piensas... piensas que yo tengo algo que ver con eso?

–Solo te lo he contado a ti, Johara –respondió él–. Y me parece de muy mal gusto que hayas hecho esto.

–¿De muy mal gusto? –replicó ella, furiosa–. ¿Sabes lo que me parece a mí de muy mal gusto? Que pienses algo tan terrible de mí. Que lo des por hecho sin tan siquiera preguntarme.

La expresión de Azim no se suavizó lo más mínimo.

–¿Y quién podría haberlo hecho si no? Nadie más lo sabe, Johara. Nadie.

–Pues yo no he sido.

–Puedes marcharte.

–¿Sabes lo que pienso? –inquirió ella–. Pienso que eres un cobarde. Has sido muy valiente durante casi toda tu vida y te admiro por ello, Azim, te amo, pero ahora mismo te estás comportando como un cobarde. Pienso que sabes que yo no tengo nada que ver con ese artículo. ¿Cómo iba a hacerlo? ¿Por qué iba a hacer algo así?

–Por dinero –replicó él.

–¿Por dinero? Soy la esposa de uno de los hombres más ricos del continente. No necesito nada...

–Tu propio dinero. Quizás querías volver a huir. O vengarte de mí por obligarte a casarte conmigo.

–¿Y qué hay del último mes? ¿Piensas que he estado fingiendo todo el tiempo?

De repente, el rostro se le llenó de lágrimas.

–Tal vez tú hayas fingido, o tal vez estés asustado tú también. Tal vez tú también hayas empezado a enamorarte y ahora tienes la excusa perfecta para retroceder. Porque amar a alguien es duro, lo sé, es darle el poder de hacerte daño. De destrozarte.

Johara tomó aire.

–Te comprendo. Yo también lo he sentido y lo asumo. Siento que tú no lo hagas.

La expresión de Azim no cambió.

–Me marcharé –continuó ella en tono digno–. No quiero quedarme si te vas a comportar así conmigo, pero, por favor, no finjas creer que yo tengo algo que ver con eso.

Y con la cabeza bien alta, salió de la habitación.

A Azim le retumbó el portazo en la cabeza. Llevaba horas con migraña, desde que Malik le había dado la noticia.

Cerró los ojos y se preguntó si era posible que se hubiese equivocado. ¿Y si estaba equivocado al echar a Johara de allí?

El dolor era tan fuerte que no pudo seguir ignorándolo, salió de la habitación.

Varias horas más tarde despertó sin dolor de cabeza, pero con dolor en el corazón, preguntándose si habría cometido un tremendo error.

Llamaron suavemente a la puerta.

–¿Azim?

Este se incorporó. No supo si debía permitir que Malik lo viese así. ¿Qué sentido tenía fingir que no le dolía nunca la cabeza?

–Adelante.

Malik entró y frunció el ceño al verlo en la cama.

–¿Estás enfermo?

–Tengo una migraña –admitió él–. Me ocurre de vez en cuando.

–Lo siento.

–¿Tienes noticias?

–Sí, he encontrado la fuente del artículo –respondió su hermano–. Se trata de un hombre llamado Paolo Caivano.

–¿Caivano?

–¿Lo conoces?

–Por supuesto. Es el hombre que se aprovechó de mí.

–Pues supongo que ha querido hacerte daño al enterarse de que ibas a convertirte en sultán...

–Imagino que pensó que iba a desacreditarme, y supongo, además, que le pagaron bien –dijo Azim–. Tenía que haberlo imaginado.

–Al menos ya lo sabemos. Y a Caivano lo han detenido para interrogarlo. Sacar esa información a la luz no ha sido muy inteligente por su parte.

–No –respondió Azim, dándose cuenta de que Johara había sido inocente.

No lo había traicionado, pero era posible que él hubiese perdido lo mejor que había tenido en toda su vida. Porque Johara tenía razón, había tenido miedo... y la verdad era que la amaba.

Capítulo 16

FRANCIA ya no era lo mismo. Ni su jardín, ni la destilería, ni su amistad con Lucille y Thomas podían suplir la ausencia de Azim. Su marido, el hombre al que amaba.

–¿Johara?

Esta levantó la vista sorprendida al ver a su madre acercándose. No recordaba la última vez que había visto a Naima allí.

–Mamá...

–Se me había olvidado lo bonito que es esto. Debería salir más –comentó Naima, sonriendo con tristeza.

Johara se limitó a mirarla, sin saber qué decir.

–Lo siento –continuó Naima–. Lo siento mucho.

–No tienes nada que sentir, mamá.

–No he sabido lidiar con las dificultades de la vida como debía haberlo hecho. Tenía que haberte prestado más atención, y haber dado gracias a Dios por lo que tenía. Pero lo cierto es que yo esperaba mucho más de la vida y, en especial, de tu padre.

–Lo comprendo.

–Eres muy complaciente –añadió su madre–, pero me temo que tu matrimonio esté en peligro.

–Es peor que eso –admitió Johara–. Azim me ha

echado de Alazar. Ha creído algo horrible de mí y... prefiere que viva aquí.

–Bueno, no es mal sitio para vivir –comentó Naima, encogiéndose de hombros.

–¿Tú te enfadaste cuando mi padre te mandó aquí? –le preguntó Johara.

–Al principio, sí. Se me rompió el corazón. Quería estar a su lado a pesar de saber que tu padre no me amaba. Me rompí, y ni tu padre ni yo lo pudimos aceptar.

–Lo siento, mamá.

–Yo también lo siento. Tal vez ahora tú y yo podamos ser felices juntas. O tal vez tu marido entre en razón.

–Tal vez.

Pasaron dos días, pasaron muy lentamente. Johara intentó ocuparse del jardín y disfrutar un poco de su madre. Estaba arrodillada, desherbando un lecho de lavanda cuando oyó pasos a su espalda.

–¿Lucille...?

–No, no soy Lucille.

Johara se quedó inmóvil al oír aquella voz. Luego, se giró lentamente.

–Siempre me sorprendes en un jardín.

–Siempre estás en un jardín –respondió Azim sonriendo.

–¿Qué haces aquí?

–Humillarme.

Ella sonrió.

–Buen comienzo.

–Lo siento, Johara. He cometido un tremendo error.

–¿Y cuándo te has dado cuenta?

–Cuando mi hermano me ha contado que ha sido Caivano quien ha dado la información a la prensa. Además, tenías razón en todo lo que me dijiste: tenía miedo. Miedo de amarte, de abrirme a ti y de volver a sufrir. Soy un cobarde.

–No, no lo eres –replicó ella–. Jamás debí decirte algo así.

Azim tomó su mano y la ayudó a incorporarse para tenerla delante.

–Te amo. Tenías razón, lo utilicé como excusa, para justificarme porque no quería arriesgarme a sufrir.

–Entiendo que pensases que te habían traicionado otra vez –le dijo ella.

–Pero en el fondo sabía que tú eras diferente. Siempre lo he sabido, desde que te conocí. Quiero que estés a mi lado, que seas mi compañera.

–¿Y qué dirán las tribus del desierto?

–Ya nos han visto y nos conocen. Yo necesito vivir y gobernar haciendo lo que pienso que es correcto. Así que no volverás al harén.

–¿Qué?

–Puedes seguir teniendo el jardín allí, o tener otro donde tú quieras, pero tu sitio está a mi lado.

–¿A tu lado o en tu cama? –le preguntó ella, esbozando una sonrisa.

–Ambas cosas. Te vi brillar en el banquete, Johara, y todo el mundo en el palacio te echa de menos. Tienes muchos admiradores, el principal, yo.

–No necesito ninguno más, aunque no quiero que seas mi admirador, sino mi amigo, mi amante y mi marido.

–Pretendo serlo.

–Bien –le dijo ella, apoyando la cabeza en su pecho, feliz.

Azim la abrazó con firmeza. Por fin, todo iba bien.

–Volvamos a Alazar –murmuró Johara–. Volvamos a casa.

Bianca

¡Reclamaba su noche de bodas!

UNIDOS POR LA PASIÓN

CAITLIN CREWS

El multimillonario Leonidas Betancur, al que se daba por muerto tras un trágico accidente, no recordaba los votos que hizo cuatro años atrás. Pero cuando su esposa consiguió dar con él tras mucho buscarlo, reaparecieron fragmentos de su memoria. ¡En su momento se habían quedado sin noche de bodas por él y ahora estaba preparado para celebrarla!

Susannah quería que Leonidas reclamara su imperio para así poder ser libre. Pero tras una sola caricia, ella le entregó su inocencia… y las consecuencias de su pasión les unirían para siempre.

Acepte 2 de nuestras mejores novelas de amor GRATIS

¡Y reciba un regalo sorpresa!

Oferta especial de tiempo limitado

Rellene el cupón y envíelo a

Harlequin Reader Service®
3010 Walden Ave.
P.O. Box 1867
Buffalo, N.Y. 14240-1867

¡Sí! Por favor, envíenme 2 novelas de amor de Harlequin (1 Bianca® y 1 Deseo®) gratis, más el regalo sorpresa. Luego remítanme 4 novelas nuevas todos los meses, las cuales recibiré mucho antes de que aparezcan en librerías, y factúrenme al bajo precio de $3,24 cada una, más $0,25 por envío e impuesto de ventas, si corresponde*. Este es el precio total, y es un ahorro de casi el 20% sobre el precio de portada. !Una oferta excelente! Entiendo que el hecho de aceptar estos libros y el regalo no me obliga en forma alguna a la compra de libros adicionales. Y también que puedo devolver cualquier envío y cancelar en cualquier momento. Aún si decido no comprar ningún otro libro de Harlequin, los 2 libros gratis y el regalo sorpresa son míos para siempre.

416 LBN DU7N

Nombre y apellido	(Por favor, letra de molde)	
Dirección	Apartamento No.	
Ciudad	Estado	Zona postal

Esta oferta se limita a un pedido por hogar y no está disponible para los subscriptores actuales de Deseo® y Bianca®.
*Los términos y precios quedan sujetos a cambios sin aviso previo.
Impuestos de ventas aplican en N.Y.

SPN-03 ©2003 Harlequin Enterprises Limited

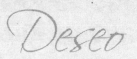

*Un testamento que iba a traer
una herencia inesperada...*

SEIS MESES PARA ENAMORARTE

KAT CANTRELL

Para ganarse su herencia, Valentino LeBlanc tenía que intercambiar su puesto con el de su hermano gemelo durante seis meses y aumentar los beneficios anuales de la compañía familiar en mil millones de dólares, pues así lo había estipulado su padre en su testamento. Sin embargo, para hacerlo, Val necesitaría a su lado a Sabrina Corbin, la hermosa ex de su hermano, que era, además, una *coach* extraordinaria. La química entre ambos era explosiva e innegable... y pronto un embarazo inesperado complicaría más las cosas.

¡YA EN TU PUNTO DE VENTA!

Bianca

Exigiendo venganza… en el dormitorio

EL LEGADO DE UNA VENGANZA

CATHY WILLIAMS

Sophie Watts se sintió mortificada cuando chocó contra el lujoso deportivo del multimillonario Matías Rivero, pero eso no fue lo peor. Lo peor fue su propuesta de que pagase la reparación del coche convirtiéndose en su chef personal durante una fiesta de fin de semana en su lujosa mansión.

Tener a Sophie a su entera disposición era una oportunidad de oro para Matías. Estaba dispuesto a descubrir todo lo que necesitaba saber sobre su padre, el hombre que había arruinado a su familia. La seduciría para sonsacarle la verdad y de ese modo podría vengarse. Sin embargo, Matías no había contado con que una noche de pasión tuviese una consecuencia inesperada…